Clem Martini

Chroniques des corneilles

La
tempête

Des plumes et des os · Tome 1

**Traduit de l'anglais
par Lori Saint-Martin et Paul Gagné**

D1213198

la courte échelle

Les éditions de la courte échelle inc.
5243, boul. Saint-Laurent
Montréal (Québec) H2T 1S4
www.courteechelle.com

Traduction:
Lori Saint-Martin et Paul Gagné

Révision:
Sophie Sainte-Marie

Infographie:
Pige communication

Dépôt légal, 2e trimestre 2007
Bibliothèque nationale du Québec

Édition originale: *The mob*, Kids Can Press Ltd

La courte échelle reconnaît l'aide financière du gouvernement du Canada par l'entremise du Programme d'aide au développement de l'industrie de l'édition pour ses activités d'édition. La courte échelle est aussi inscrite au programme de subvention globale du Conseil des Arts du Canada et elle a bénéficié des Subventions à la traduction du programme d'Aide à l'édition de livres.

La courte échelle reçoit l'appui du gouvernement du Québec par l'intermédiaire de la SODEC, et elle bénéficie du Programme de crédit d'impôt pour l'édition de livres — Gestion SODEC — du gouvernement du Québec.

Catalogage avant publication de Bibliothèque et Archives Canada

Martini, Clem

    [Mob. Français]

    La tempête

    Traduction de: The mob.

    ISBN 978-2-89021-880-2

    I. Saint-Martin, Lori. II. Gagné, Paul. III. Titre.
    IV. Titre: Mob. Français.

PS8576.A793M6214 2007   jC813'.54   C2007-940006-X
PS9576.A793M6214 2007

Imprimé au Canada

Clem Martini

Clem Martini est un auteur aux multiples talents. Il écrit pour le théâtre, la télévision et le cinéma, tant pour les jeunes que pour les adultes. Professeur d'art dramatique à l'Université de Calgary, il enseigne aussi bénévolement à des groupes de jeunes pour leur transmettre son amour du théâtre. Lauréat à trois reprises du Prix d'art dramatique de la Guilde des écrivains de l'Alberta, il a également été finaliste au prix du Gouverneur général du Canada. Clem Martini est né à Calgary, en Alberta, où il vit avec sa femme et ses deux filles. Avec sa trilogie *Des plumes et des os: Chroniques des corneilles*, il signe ses premiers romans. Ils ont été traduits en portugais, en allemand, en néerlandais et seront bientôt portés à l'écran.

Clem Martini

Chroniques des corneilles

La tempête

Des plumes et des os • Tome 1

**Traduit de l'anglais
par Lori Saint-Martin et Paul Gagné**

la courte échelle

À ma femme, Cheryl, et à mes deux filles, Miranda et Chandra, qui, les premières, m'ont fait découvrir les oiseaux dans les arbres. Au fur et à mesure que ce monde aviaire se déployait sous mes yeux, elles ont adopté mes corneilles et m'ont accompagné dans cette fantaisie ornithologique.

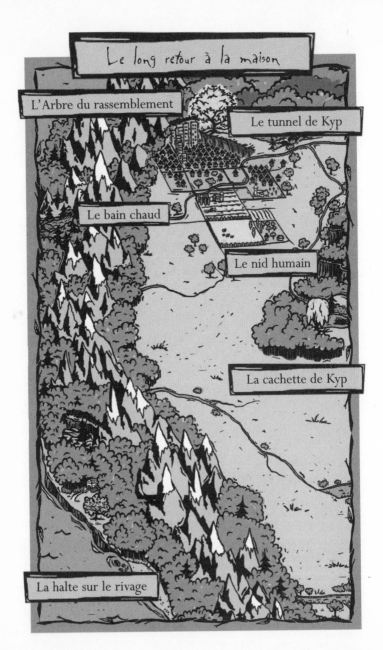

Le long retour à la maison

L'Arbre du rassemblement

Le tunnel de Kyp

Le bain chaud

Le nid humain

La cachette de Kyp

La halte sur le rivage

Première partie

Chapitre 1

Approchez-vous. Si vous ne me voyez pas, vous ne m'entendrez probablement pas non plus. Alors venez plus près. Serrez-vous.

Tous, vous me connaissez, au moins de nom. Je m'appelle Kalum ru Kurea ru Kinaar et je suis vieux. Très vieux. Trente-huit printemps à m'accrocher aux branches ; trente-huit printemps à promener mon ombre sur la Terre ; trente-huit printemps à chevaucher les tempêtes, à déployer mes ailes et à entreprendre la dure, l'éreintante migration vers le nord.

Certains d'entre vous m'avez accompagné, côte à côte, aile contre aile. Dernièrement, vous avez sacrifié des plumes et des os. D'autres, arrivés en retard, ont des questions.

Chemin faisant, quelques-uns ont perdu des êtres chers. Séparés en cours de route, ils ne l'apprennent que maintenant. Approchez, approchez. Montez et vous saurez tout.

À l'horizon, le soleil est entré dans son dernier sixième. Selon la coutume, il est l'heure de commencer. Écoutez, ô mes cousins ! Un rassemblement, un rassemblement en bonne et due forme, est plus qu'une simple réunion. C'est une occasion sacrée, joyeuse et solennelle, soumise à des obligations et à des règles héritées des temps immémoriaux. Chaque année, les Kinaar en profitent pour se retrouver, se souvenir du passé et prendre des décisions pour l'avenir. Nous établissons la loi. Nous saluons la contribution de ceux qui ont terminé leur voyage. Bienheureuse, leur âme ne quitte la branche et ne s'élève jusqu'à la Créatrice qu'une fois leur nom ajouté au long registre.

Vous, les retardataires installés sur les côtés, taisez-vous. Vous aurez réponse à vos questions. Quant à ceux qui sont tout près, poussez-vous un peu et faites de la place aux nouveaux venus.

Le présent rassemblement n'a rien à voir avec ceux que j'ai déjà connus. Informé par les six clans de la famille Kinaar — Kemna, Kelk,

Koorda, Kurea, Kark et Kush —, je suis le seul à ne rien ignorer des événements tragiques récents. En ma qualité d'Élu, j'ai le devoir de recueillir les bribes de souvenirs qui me sont rapportées et, avec elles, de fabriquer le nid qui abritera et préservera notre histoire familiale.

Reposez vos ailes, immobilisez vos plumes et clouez votre bec. Fidèle à la coutume, si la Créatrice le veut, je vais tout vous raconter, un mot sacré à la fois.

Je vous le dis d'emblée : j'ai beau compter trente-huit printemps et trente-huit hivers, avoir fait et refait le voyage le long de la côte ouest, traversé les vastes territoires du milieu et m'être perché ici, entre les grandes plaines septentrionales et la forêt, jamais je n'avais vu la Famille en proie à de tels dangers.

Nous avons bien failli y rester jusqu'au dernier.

Chapitre 2

Le jour du départ, une pluie cinglante venue du nord-est s'est abattue sur nous. Au moment où nous nous élevions, j'ai senti une douleur sous mon aile droite. Je me souviens d'avoir pensé : « Ce rassemblement ne sera pas comme les autres. »

J'avais vu juste, mais pas pour les bonnes raisons.

Après cette bourrasque printanière, les membres de la Famille ont séché leurs plumes, augmenté la cadence et trouvé leur rythme de croisière. Par la Corneille suprême, c'est un spectacle extraordinaire. Nous, corneilles, sommes au premier rang des créatures aériennes. Rien de mieux que ces migrations annuelles pour mettre en valeur ce qu'il y a d'extraordinaire en nous. À cette occasion, la nature nous invite tous à réintégrer l'élément qui nous a vus naître, l'élément pour lequel la Créatrice nous a conçus.

Le temps le plus doux et le plus exquis qui soit a fait suite à l'effilochement des nuages. Du sol montaient des parfums de poissons, de fleurs, d'algues et d'iode. Le soleil, à l'ouest, a peu à peu chauffé notre dos et dissipé les dernières traînées de brouillard. Nous avons volé presque tout l'après-midi, à l'exception du moment passé sur une plage de galets pour nous reposer et nous régaler de minuscules poissons, de moules bleu-gris et de bigorneaux tendres et délicats. Puis nous avons poursuivi notre route.

Au début, nous ne songions qu'aux difficultés du voyage. Mais à la fin du premier jour, nous voyions déjà le monde sous un angle différent : le vent nous soulevait, le sol s'éloignait. De là-haut, les choses terrestres n'étaient que des grains de poussière. L'océan, étendue bleue et argent, scintillait et dansait à l'horizon. Cette perspective, c'est celle pour laquelle nous avons été conçus.

Nous n'étions pas particulièrement pressés. Avec moi volaient environ deux cents âmes, toutes d'humeur radieuse. Nous étions déployés en formation classique dans le ciel : une longue série de lignes lâches et crénelées, de cinq ou six rangs de profondeur, deux corneilles à la queue, une autre à la tête. Devant, il y avait Ketchum. Âgé d'une vingtaine d'années, il connaissait le chemin du nord comme les griffes de ses serres. Kyra le flanquait à gauche, Kark à droite. À mes côtés se tenaient les oisillons Kora et Kek. Ils s'éloignaient, soulevés par un courant d'air, ou plongeaient, les ailes repliées. En riant et en criant, ils s'encourageaient à recommencer. Rien qu'à les voir, j'étais fatigué.

Kyrk, cependant, n'était guère patient. Faisant claquer son bec, il leur a jeté un regard méprisant. Étant borgne, il tolérait mal que des objets s'agitent près de lui. Après avoir redressé ses épaules puissantes, il s'est laissé porter par un courant ascendant et a percuté Kek, qui ne l'avait pas vu venir. Celui-ci a culbuté dans l'air dans un nuage de plumes. Un frisson d'inquiétude a parcouru la formation, jusqu'à ce que Kek se rétablisse et retrouve sa place, loin derrière.

Je me suis glissé près de Kyrk. Je crois qu'il regrettait déjà son geste.

— Qu'est-ce que tu as ? lui ai-je demandé.

— En tant que responsable, a-t-il grogné, tu devrais le savoir.

Devant mon incompréhension, il a marmonné quelques inepties au sujet de l'«absence de discipline» et du «danger que le laisser-aller fait courir à la volée». Puis il a obliqué vers la droite et a repris son poste à l'avant, près de Kark.

Il était encore tôt quand nous nous sommes mis à la recherche d'un endroit où passer la nuit. Le premier jour, il vaut mieux se ménager. Nous nous sommes donc perchés sur un prunier en fleurs, aux membres longs et noueux, à l'écorce lisse et argentée. Le soleil avait glissé sous la ligne d'horizon, et le ciel était inondé de couleurs. Là, au milieu des fleurs roses au parfum délicat, on avait l'impression que le soleil s'était couché à même l'arbre.

Les jeunes s'amusaient dans les courants ascendants venus de l'océan. Quelques affamés sont partis à la recherche de nourriture. La plupart des vieux ont choisi de bavarder tranquillement à la cime de l'arbre et de se reposer un peu. Klaryssa, la plus jeune de la volée, était accroupie sur la branche voisine, tête baissée, épuisée. Je profitais du spectacle, négligeant d'assurer le guet. C'est Kymble qui s'en chargeait. Au-dessus de moi, il y a eu un grognement sourd. Kyrk, une fois de plus.

— Les lieux sont-ils sûrs? a-t-il demandé en dardant sur moi son unique œil fouineur. Il y a un perchoir humain, plus haut sur la côte.

Je l'avais vu, l'ai-je informé. C'était une construction branlante, délabrée, aussi abandonnée qu'un nid de fortune. Kyrk n'était pas satisfait. Avais-je procédé à une inspection en règle? Il savait bien que non. Nous venions à peine de nous installer pour la nuit.

— C'est bien beau de dire qu'il a l'air abandonné, a-t-il grommelé.

Je voyais bien qu'il s'adressait à tous, et pas seulement à moi.

— Facile à dire qu'il a l'air abandonné, a-t-il insisté, mais attends que des humains déboulent avec leurs engins de mort.

J'ai senti mes plumes se hérisser.

— Vas-y, toi! me suis-je écrié. Si tu es inquiet, vérifie donc toi-même.

Kyrk a fait claquer son bec. C'est moi qui avais opté pour cet arbre. J'étais l'Élu. J'avais choisi l'itinéraire et le perchoir. J'étais responsable de la sécurité.

J'avais les ailes en compote, mais je me doutais qu'il n'allait pas me lâcher. Malgré la fatigue, j'allais me mettre en route quand Kyp est apparu. Il irait en reconnaissance, a-t-il déclaré. J'ai hésité, conscient des ennuis qui m'attendaient. J'ai fini par acquiescer. Maintenant que la proposition était sur la table, impossible de reculer. Kyp s'est laissé choir de la branche, selon la technique si particulière qu'il avait perfectionnée, et, à tire-d'aile, s'est éloigné en direction du nid.

J'avais déjà examiné cette habitation. À l'instar de la plupart des abris humains, elle était de forme carrée, percée de petites ouvertures ici et là. Il y en avait deux autres, plus grandes, à la hauteur du sol. La couleur, cependant, était passée, la structure affaissée. Devant, l'herbe était mal entretenue, desséchée. Nulle trace des boîtes mobiles dans lesquelles les humains se déplacent à vive allure, signe qu'il n'y avait personne.

À une certaine époque, pendant la migration, nous étions des jours sans voir d'humains ni d'indices de leur présence. Aujourd'hui, il faut toujours se méfier. Chaque année, on voit apparaître de nouveaux parias et sédentaires, des corneilles qui ne migrent plus, ne se plient plus aux règles ni aux coutumes anciennes. Ils vivent parmi les humains et mangent comme eux. À maints égards, ils ont davantage en commun avec les humains qu'avec les corneilles. Les règles ont pour but de nous protéger. Cette nouvelle couvée, toutefois, a vu le jour à une époque où il existe d'innombrables façons d'enfreindre la loi. Chaque année, de jeunes corneilles sont bannies. L'année dernière, il y en a eu vingt chez les seuls Kinaar ! Douze chez les Kemna, huit chez les Koorda et les Kush réunis. Qu'arrivera-t-il le jour où les exclus seront plus nombreux que les « inclus » ? À quoi bon la pureté, si la Famille est dispersée et fragmentée ? J'ai senti monter en moi une vague d'impatience.

— Ce perchoir est inhabité. Je parie qu'il l'est depuis des années, ai-je affirmé sur un ton irrité.

Kyrk est resté de marbre, comme s'il n'avait rien entendu. Nous avons patienté. J'ai soupiré en faisant passer mon poids d'une patte à l'autre.

— À propos, a brusquement lancé Kyrk, que sais-tu de l'énorme corneille qui s'est jointe à nous aujourd'hui ?

— Kuper ?

— Lui-même. À quel clan appartient-il ?

J'ai jeté un coup d'œil à Kyrk, qui demeurait parfaitement impassible. Il est parfois difficile de deviner ce qu'il pense.

— C'est le petit-neveu de Kerra. Il vient du sud.

— Kerra, hein ? a répété Kyrk, comme s'il goûtait le nom du bout du bec. Dans ce cas, c'est un Kemna. C'était un paria ?

— Non.

— Où sont ses parents et ceux de son nid ?

— Morts. Depuis quelques années, il vole en solitaire.

Kyrk, en proie à une agitation soudaine, a secoué les épaules.

— Ça ne te plaît pas ?

— Non, a-t-il râlé, et je ne l'aime pas, lui non plus. Il a mis du temps à se présenter à nous.

— Les siens ont disparu, Kyrk. Tous, du premier jusqu'au dernier.

J'ai fixé Kyrk. Quelle mouche l'avait donc piqué ?

— Tu sais que le perchoir humain est désert, pas vrai ?

Il a laissé ses yeux dériver du côté de l'océan. Pendant un moment, nous nous sommes contentés d'écouter le flux et le reflux des vagues. Je n'aurais su dire s'il observait quelque chose ou s'il cherchait simplement à éviter de croiser mon regard.

— Peut-être, a-t-il enfin concédé. Mais comment les jeunes comprendront-ils l'importance de la vigilance et du respect des coutumes si tu ne prêches pas par l'exemple ?

Nous y étions donc ! Une fois de plus, il mettait en doute mon autorité. En toute justice, c'est Kyrk qui aurait dû être l'Élu. De deux ans mon aîné, il a toujours été plus grand et plus fort que moi. Son plumage est foncé et somptueux, presque bleu-noir. En toute circonstance, il est impeccable. Quant à moi, depuis que j'ai trente ans, j'ai pris du poids. J'ai beau me pomponner, j'ai l'air un peu ébouriffé. Pour une raison que j'ignore, mais peut-être parce que les autres ont tous plus fière allure, c'est à moi qu'on a conféré le titre d'Élu, il y a six ans. À la suite d'une rencontre malheureuse avec un faucon, Kendra, celle qui m'avait précédé, était retournée auprès de la Créatrice. Cette décision, Kyrk ne l'a jamais digérée.

En sentant la branche ployer sous moi, je me suis retourné. Kyp repliait déjà ses ailes. Nous ne courions aucun danger, a-t-il déclaré. Le nid humain était désert, ses ouvertures battant aux quatre vents.

— Tu en es sûr ? a demandé Kyrk en dévisageant Kyp. As-tu suivi à la lettre nos lois et nos coutumes ? Il faut exécuter trois circuits complets autour de l'objet avant de…

Kyp a interrompu Kyrk.

— Je suis entré pour vérifier.

— À l'intérieur ?

— Oui.

Pris au dépourvu, Kyrk s'est rapidement ressaisi.

— Je vois. Il faudra bien entendu que tu te purifies.

— Il est tard, ai-je riposté.

— La loi est formelle : après un contact étroit, la purification est de mise.

J'allais ouvrir le bec pour protester. Kyp a toutefois été plus rapide.

— Je n'y vois pas d'inconvénient, a-t-il déclaré calmement, les yeux rivés sur Kyrk. C'est juste une règle comme une autre.

— En effet, a confirmé Kyrk d'une voix glaciale. Et c'est le respect des règles, de l'ensemble des règles sans exception, qui préserve l'héritage de nos ancêtres. Tu vas donc te purifier ?

— Naturellement, a répondu Kyp sans se démonter.

— Tu es content ? ai-je demandé à Kyrk.

— Tout ce que je veux, a-t-il répliqué de sa voix rocailleuse, c'est la sécurité de la volée grâce au respect de la coutume. Rien de plus.

En s'éloignant, il a ajouté :

— Et rien de moins.

Je me suis tourné vers Kyp.

— Tu es vraiment entré ?

— Brièvement, a-t-il avoué.

— C'était inutile, ai-je rétorqué en secouant la tête d'un air réprobateur. Et dangereux. Qui sait ce qui niche là à présent !

— Je ne me suis pas attardé. Et Kyrk ne se serait pas satisfait des trois circuits. Il aurait encore trouvé quelque chose à redire, a affirmé Kyp en frottant son bec contre un arbre pour l'aiguiser. « Tout ce que je veux, a-t-il répété en imitant la voix de Kyrk, c'est la sécurité de la volée grâce au respect de la coutume. Rien de plus et rien de moins. »

Kyp a grogné.

— Rien ne contente ceux de son espèce. La seule chose qui les intéresse, c'est le respect des coutumes. Comment peux-tu supporter des sottises pareilles ?

— J'ai le devoir d'écouter, ai-je déclaré en faisant passer mon poids d'une patte à l'autre pour soulager une hanche endolorie.

— Pourquoi ? C'est toi, l'Élu.

— Être l'Élu, c'est à la fois beaucoup plus et beaucoup moins que tu le penses.

— Tu veux que je te dise ? La plupart des jeunes comme moi sont derrière toi.

J'ai baissé la voix.

— Confidence pour confidence, la question n'est pas là. Être l'Élu, c'est s'arranger pour que les membres de la volée aient l'impression que chacune des décisions vient d'eux. Il faut, pour y arriver, respecter les opinions d'autrui, même en cas de désaccord. Tiens ta langue et n'oublie pas que Kyrk possède assez d'influence pour te rendre la vie infernale.

Kyp s'est esclaffé avant de s'éloigner dans le crépuscule.

— Ne t'inquiète pas ! a-t-il lancé par-dessus son épaule. Je n'ai pas l'intention de faire de bêtises.

Et je ne devrais pas m'inquiéter ! J'ai dû pousser un soupir sonore puisque Klaryssa s'est réveillée brièvement avant de se rendormir. J'étais préoccupé, très préoccupé même. Kyrk avait la mémoire longue. Sans oublier qu'il comptait des partisans fidèles, surtout chez les Kurea et les Kush. La Famille était au bord de l'éclatement. Et la dernière remarque de Kyp laissait clairement entendre qu'il mijotait quelque idiotie.

En plissant les yeux, j'ai observé Kyp, qui effectuait les cercles nets et précis de la prière et de la purification, puis Kyrk, perché haut dans l'arbre. J'ai soupiré de nouveau. Peu à peu, le silence est tombé. J'avais mal du bout des ailes jusqu'à la poitrine. J'ai humé le parfum des fleurs roses contre lesquelles j'étais appuyé. Puis, la tête sous l'aile droite, j'ai sombré dans le sommeil.

Chapitre 3

D'un affleurement de grès à l'aspect rugueux, situé non loin du rivage, jaillissait une source à l'eau claire et fraîche. Après le lever du soleil, quelques-uns d'entre nous avons décidé d'aller nous baigner. Un tel comportement sied-il aux corneilles? Le débat se poursuit encore aujourd'hui. De toute évidence, il est dangereux de se tremper dans des eaux trop profondes ou trop vives. Les corneilles étant ce qu'elles sont, je ne recommande pas les longues baignades. En revanche, je maintiens qu'il est à la fois rafraîchissant et sain de s'immerger les ailes, la crête et la couronne quand l'occasion se présente et qu'il n'y a pas de danger immédiat. Je me suis donc exécuté et, après avoir bu à ma soif, je me suis envolé, tout dégoulinant.

Plus la journée avançait, et plus nous étions nombreux. Kelty et les siens se sont joints à nous peu après notre départ. Ils étaient quelque vingt-cinq au total, tous petits et sérieux comme elle. Ils ont pris place dans la formation si silencieusement que nous avons mis un certain temps à remarquer leur présence. Peu après midi, Kyrta et deux nouvelles familles, soit une quarantaine de têtes, ont surgi au détour d'une colline. Kyrta a une grosse voix et un rire retentissant. Pendant le reste de la journée, nous l'avons entendue papoter d'un bout à l'autre de la volée. C'est un des aspects du rassemblement que je préfère. Plus nous nous rapprochons de l'Arbre, plus des visages familiers apparaissent.

— Bon vent ! s'écrie quelqu'un.

En vous retournant, vous apercevez quelques silhouettes noires venir vers vous.

— Bon vent ! répond-on.

Les corneilles entrent dans la formation et celle-ci, ainsi gonflée, poursuit sa route.

À chacune des étapes, de nouvelles occasions de recueillir des ragots croustillants s'offrent à nous. Les propos et les gestes de l'année qui vient de s'écouler se répercutent dans toute la formation. Au gré des révélations, des frissons de fièvre ou d'indignation parcourent les différents groupes.

Nous avons longé le littoral trois jours de plus avant d'obliquer vers l'est et d'entreprendre la traversée d'un haut col. Riche en petites baies, en poissons et autres merveilles, la route côtière fournit amplement de quoi se sustenter. Pour qui prend plaisir à voler, cependant, rien ne se compare aux montagnes. Chaque élévation s'accompagne d'écarts de température considérables, et les masses d'air varient de vallée en vallée. Au sortir d'un défilé, une brise délicate devient une bourrasque cinglante. Choisissez le bon courant et il vous entraînera au-dessus des sommets les plus hauts. Il suffit de replier ses ailes et de bien s'accrocher !

Quand il fait beau, la tradition veut que l'on s'arrête pour donner aux jeunes qui ont encore de la vigueur l'occasion de s'affronter dans des courses. Ces jeux sont une tradition héritée des temps immémoriaux, c'est-à-dire l'époque où Kana, Première Éclose de la Première Couvée, a arraché un poisson des serres de l'Aigle Soleil. Ainsi a débuté la Longue Chasse, d'une durée de cent jours et cent nuits. En admirant les prouesses de nos descendants, nous honorons la mémoire de la corneille qui l'a emporté sur les aigles. Depuis quelques générations, les jeunes affichent même une détermination qu'on ne voyait pas de mon temps, et ils sont à coup sûr plus doués. Ils volent comme aucune corneille avant eux. Quelques-uns des Kinaar, Ketta et son frère Kory, Karl, Kesky et surtout Kyp, transforment le vol en véritable poème. Rien n'est plus palpitant que de voir de jeunes corneilles s'adonner à cet art honorable et ancien.

Les corneilles ne sont pas les plus rapides. À ce chapitre, les aigles et les faucons nous surpassent. Les sternes et les oies volent plus loin que nous. Cependant, y a-t-il un oiseau dont le vol soit plus gracieux que celui de la corneille? Un oiseau plus agile que la corneille? Un oiseau capable de mesurer le vent, de le sentir, de le soupeser, de l'exploiter, de s'en jouer et de le chevaucher telle une corneille? Nous, corneilles, sommes des pilotes du vent, des acrobates aériens conçus par la Créatrice pour enfourcher la moindre rafale, le moindre souffle. Sur ce plan, nous écrasons la concurrence. Laissons la vitesse et l'endurance aux aigles et aux sternes. Nous, corneilles, avons du panache.

Nous avons mis plus de quatre jours à traverser les montagnes, cap vers l'est. À ce stade de la migration, les muscles se raidissent, la fatigue s'installe et les tempéraments s'échauffent. Nous nous sommes même disputés au sujet d'une escale. Des corbeaux plus ou moins sympathiques avaient informé Kyrta de l'emplacement d'une source thermale. Certains, en particulier Kyrk, Kork et Ketch, étaient d'avis que tout renseignement fourni par des corbeaux était suspect et devait être ignoré. D'autres, dont j'étais, croyaient au contraire qu'un bain chaud aurait pour effet d'atténuer la rigueur de la migration. Kyrta avait réussi à convaincre des corbeaux, espèce butée et taciturne par excellence, de lui communiquer un renseignement utile? Tant mieux.

Comment dit-on déjà? «La colère est mauvaise conseillère.» Très vite, le débat s'est enflammé. Ketch est connu pour la sainte horreur que lui inspirent tant les corbeaux que les bains. Il a déclaré que les corbeaux et leurs sympathisants n'avaient qu'à former leur propre tribu d'amateurs d'eau chaude et à aller se faire voir ailleurs. «Quiconque n'a ni le bon sens ni la politesse d'accepter un cadeau, qu'il vienne de corbeaux, de pies ou d'autres, a l'âme si rabougrie qu'il aurait intérêt à se prélasser un bon moment dans l'eau chaude», a répliqué Kyrta.

En l'occurrence, les baigneurs l'ont emporté.

Loin au-dessus de la limite des arbres, nous avons découvert un territoire sinistre et accidenté, parsemé de plaques de neige. Comme les corbeaux l'avaient annoncé, le ruisseau serpentait le long de la montagne, où il formait des cascades à l'aspect duveteux et d'une beauté incomparable.

Nous avons touché terre dans un creux, au milieu d'un immense éboulis hérissé de pierres. Les eaux du lac, que ceinturaient de délicates vrilles de vapeur, étaient si limpides qu'on voyait le lit rocheux. Le plan d'eau prenait sa source au nord, dans une grotte à la gueule noire, irrégulière et menaçante. Des jets bouillants en jaillissaient.

Dès notre plus jeune âge, on nous apprend à éviter les cavernes, trous, terriers, tunnels et lieux semblables. En effet, dans ces endroits nichent des créatures que les corneilles ont intérêt à ne pas fréquenter. J'étais l'Élu. À moi, donc, de trancher. Je me suis approché le plus possible de l'embouchure de la grotte, aux parois poisseuses et suintantes. Devant les ténèbres ruisselantes, impénétrables, s'étendait un épais tapis de mousse verte. Un air tiède, humide et piquant m'enveloppait. J'avais l'impression de respirer l'haleine de la Terre.

Le regard perdu dans l'obscurité, j'ai senti un singulier frisson me parcourir. Je me suis rapproché. J'ai tendu l'oreille. En général, ces avertissements ont un sens. Dans ce cas, cependant, je ne voyais rien de suspect. Après m'être attardé plus que de raison et avoir lancé quelques appels pour m'assurer que la voie était libre, j'ai donné le signal. Un à la suite de l'autre, les membres de la volée sont descendus.

Il y avait une forte odeur de soufre. Du côté du lac qui faisait face au vent, à proximité de l'entrée de la caverne, mes yeux se sont mis à couler. L'eau, cependant, était parfaite. Assez chaude pour vous rosir le bec, elle devenait tiède et délicieuse au bout d'un moment. Niché près du bord, où l'eau était peu profonde, je l'ai laissée laver les maux, les douleurs et les soucis de la migration. Je me suis alors souvenu d'une ancienne légende que racontait Keeta, ma vieille tante, à propos d'un étang qui redonnait la jeunesse aux oiseaux qui se baignaient dans ses eaux. Ils avaient l'intention de ne rester qu'un moment, mais, séduits par leur jeunesse retrouvée, ils finissaient en œufs. L'étang magique, prétendait ma tante Keeta, était ceinturé de pierres ovales.

En réalité, c'étaient des milliers d'œufs, restes d'oiseaux dont les vœux avaient été exaucés au-delà de leurs espérances.

— Prudence! ajoutait ma tante Keeta.

Je me demandais si une telle métamorphose nous guettait. Dans l'état de paresse et de tiède langueur où je me trouvais, j'ai songé qu'il y avait des destins plus terribles. Nous n'avions pas trouvé la fontaine de Jouvence, mais nous nous sommes attardés. J'ai remarqué que ceux qui s'étaient plaints du retard avaient aussi été les derniers à sortir de l'eau. À cause de la lumière déclinante, nous n'avons pas pu aller beaucoup plus loin, ce jour-là.

Au lieu de nous engager dans la vallée suivante, nous avons survolé le versant de la montagne jusqu'à une clairière entourée de mélèzes subalpins aux membres minces et noueux. La rigueur du voyage conjuguée à la torpeur induite par les eaux sulfureuses a provoqué en nous une fatigue soudaine, irrésistible. Perchés sur les branches agitées par la brise, nous avons sombré dans le sommeil sans dire un mot.

Dans les ténèbres, bercé par les vents de la montagne, j'ai revécu en rêve le récit qui se tisse depuis les temps immémoriaux. Il y a longtemps, la Corneille suprême avait la taille d'un arbre, les arbres étaient grands comme des montagnes, et les montagnes s'étiraient jusqu'aux étoiles.

Au pied des montagnes, dans le trou le plus isolé, vivait le Blaireau. Rien à voir avec l'animal qu'on connaît aujourd'hui. C'était le premier Blaireau de la lignée. Aussi dur qu'une colline, il avait de longues griffes et un appétit vorace. Un jour qu'il s'adonnait à quelque excavation, le Blaireau, qui ne savait ni voler ni grimper aux arbres, a entendu un bruit. Soulevant sa tête plate et hirsute, les yeux plissés, il a vu passer la Corneille suprême loin au-dessus de lui. Au fond de son âme misérable, le Blaireau a senti une vive douleur. C'était celle de la jalousie. Son long nez fuselé de même que son front large et velu se sont froncés, et un grondement est monté du plus profond de ses entrailles. On aurait dit le tonnerre. Il a continué de fixer le ciel longtemps après le passage de la Corneille suprême. À ce moment, il s'est juré de débarrasser la Terre de la créature qui lui avait donné l'impression d'être minuscule alors qu'il était immense.

Cette nuit-là, tandis que le monde dormait, le Blaireau a convoqué une assemblée secrète. Sa cousine, la Martre, plus décharnée que lui, a des griffes et des dents moins longues que les siennes, mais elle grimpe aux arbres avec l'agilité d'un écureuil. Le Blaireau l'a persuadée de se lancer à la recherche du nid de la Corneille suprême et de lui voler sa progéniture. La Martre a attendu que la Corneille suprême parte en quête de nourriture. Se hissant jusqu'au nid, elle a chanté pour endormir la compagne de la Corneille suprême. La Martre a emporté avec elle six œufs ovales, gris-vert et délicats.

Le jour s'est levé et, avec lui, le soleil. La Corneille suprême est rentrée. À la vue du nid désert, elle a été prise d'un grand désespoir. Sa compagne et elle ont pleuré. La Corneille suprême a parcouru le monde dans l'espoir de récupérer ses petits.

— Avez-vous vu mes œufs ? demandait-elle à tout venant.

À la fin, les pierres ont eu pitié d'elle. Tandis que le vent se faufilait dans les failles et les fissures, elles ont soufflé la vérité : la Martre avait enlevé les œufs, et le Blaireau les cachait. Sans perdre un instant, la Corneille s'est rendue à l'entrée de l'antre du Blaireau. Des restes à l'aspect sinistre — des os, des becs, des plumes et des crânes — jonchaient le sol.

— Sors de là, Blaireau ! a crié la Corneille suprême.

Sous terre, la voix caverneuse du Blaireau a retenti.

— Qu'est-ce que tu veux ?

— Mes œufs, a répondu la Corneille suprême. Rends-les-moi !

Elle distinguait deux petites lueurs dans les ténèbres épaisses : les minuscules yeux cerclés de rouge du Blaireau.

— Que me donneras-tu en échange ? a demandé le Blaireau en chuchotant.

— Mes serres, a répondu la Corneille suprême.

De l'embouchure du tunnel montaient de la poussière et de la saleté. Le Blaireau s'enfonçait.

— Je ne peux pas te rendre tes œufs, a lancé ce dernier d'un recoin reculé de sa tanière, la voix étouffée.

— Mon bec. Prends-le, a crié la Corneille suprême.

D'une voix encore plus lointaine, le Blaireau a répliqué :

— Je ne peux pas te rendre tes œufs.

— Mes ailes ! a lancé la Corneille suprême en déployant les appendices qui faisaient sa fierté.

— Je ne peux pas te rendre tes œufs, a répété le Blaireau d'une voix si éteinte qu'elle était presque inaudible.

— Prends-moi tout entière, a enfin proposé la Corneille suprême, calmement.

La vallée s'est immobilisée d'un seul coup. La Corneille suprême attendait et, avec elle, toutes les créatures de la Terre.

— Les voici, a dit le Blaireau.

La Corneille suprême a réuni ses œufs. Délicatement, elle les a emportés sur la branche secrète de l'arbre le plus haut des confins du monde, où sa compagne les a réchauffés. La Corneille suprême a jeté autour d'eux des sorts puissants. Ainsi, nulle créature ne pouvait les voir ni les sentir. Alors seulement elle est retournée dans la grotte sombre. Marchant sur les ossements, elle s'est couchée sur le sol poussiéreux et a fermé les yeux. Le Blaireau est sorti de sa cachette et a dévoré la Corneille suprême, les pattes, les ailes, la queue, la couronne et le reste.

Pendant cinq jours, on n'a pas aperçu la Corneille suprême. Le monde entier pleurait. Où verrait-on un vol comparable à celui de la Corneille suprême ? Où entendrait-on un rire aussi contagieux que le sien ? Qui, comme elle, saurait raconter des histoires et plaisanter ?

Le sixième jour, un miracle s'est produit. Un grand bruit a retenti, comme s'il y avait eu une fêlure dans le ciel, qui n'est lui-même qu'une coquille servant à abriter le monde. Dans le nid juché au sommet de l'arbre des confins de la Terre, un des œufs sacrés s'est fendillé. Au lieu d'un oisillon petit, aveugle et sans plumes, c'est la Corneille suprême qui est apparue. De la même taille qu'avant, elle s'est ébrouée et a pris son envol. Elle était née à nouveau.

À mon réveil, je me suis rendu compte qu'il était encore très tôt. À peine si une teinte légèrement orangée colorait la silhouette des sommets qui se dressaient à l'est. L'haleine fétide du Blaireau m'irritait encore le bec. Au souvenir de la caverne enfoncée si profondément sous terre, j'ai frissonné.

Le récit du Blaireau et de la Corneille suprême est sacré. On ne fait pas un tel rêve sans raison. Perché sur une branche en ce matin frisquet, je me suis demandé à quoi il rimait. La Créatrice cherchait à me dire quelque chose. Mais quoi ?

Chapitre 4

Le lendemain, nous avons laissé derrière nous les montagnes escarpées, les sources thermales et les pinèdes, et entamé notre lente descente. À l'est de la cordillère, les grandes plaines se sont ouvertes devant nous, et nous avons obliqué vers le nord.

Klayton et les siens se sont joints à nous, gonflant considérablement nos rangs. Les vents dominants soufflaient du sud et de l'ouest. Poussés par la brise, nous avons pris de la vitesse. Moins de trois jours plus tard, nous avons atteint les limites de la vaste colonie humaine qui entoure l'Arbre où nous nous rassemblons. Nous étions alors plus de huit cents.

Les habitations les plus proches de l'Arbre ont l'aspect de petites constructions isolées. Les nids se serrent les uns contre les autres, et les sentiers aménagés par les humains se couvrent des boîtes rapides dans lesquelles ils se déplacent en crachant de la fumée. Soudain, à l'horizon, les perchoirs humains aux arêtes tranchantes se dressent, aussi hauts que des montagnes. Sous le soleil, ils scintillent, tels des glaçons. La nuit, ces structures, qu'on croirait remplies d'étoiles, brillent et clignotent. C'est étonnant.

Les humains, remarquez, sont une source d'ennuis et nos rivaux depuis les temps immémoriaux. Ils ont toutefois en commun avec nous quelques traits qui forcent l'admiration. Comme nous, ils forment des unions qui semblent durer toute la vie et se réunissent pour le simple plaisir de la compagnie d'autrui. À l'instar des corneilles, les humains semblent en mesure de communiquer.

Je me suis souvent demandé s'il y a divers types d'humains, de la même façon qu'il existe différents types d'insectes. Sinon, comment expliquer que certains d'entre eux habitent de petits nids carrés et trapus, faits de bois, tandis que d'autres érigent de hautes colonnes de pierres polies ? J'ai posé la question à Kaleb, grand voyageur devant l'Éternel.

Dans des contrées éloignées, m'a-t-il raconté, des fourmis construisent des tours pour y vivre. En vol, il m'arrive parfois d'examiner les humains. Ils vont et viennent à toute vitesse en transportant toutes sortes de choses. Pressés, pressés, pressés. Comme des fourmis, justement. De là-haut, ils ressemblent d'ailleurs à ces insectes. Le lien entre les humains et les fourmis est peut-être plus étroit qu'on pourrait le penser. C'est seulement une théorie, et je n'ai pas poussé la réflexion beaucoup plus loin. Je laisse à la jeune génération le soin d'enquêter à ce sujet.

Certains oiseaux aiment nicher dans ces hautes structures. Le plus souvent, on y rencontre des pigeons et des mouettes. Depuis quelque temps, cependant, on voit de plus en plus d'aigles et de faucons sillonner l'air entre les flèches de ces constructions. Or, un faucon pèlerin vous isole de la volée avant même que vous ayez eu la chance de dire «Bon vent». J'ai tendance à m'en tenir loin.

J'ai plutôt guidé le clan le long de la vallée fluviale qui contourne la plus forte concentration d'humains. En suivant les méandres du fleuve, nous avons enfin atteint les falaises calcaires qui annoncent la proximité du lieu de rassemblement.

Porté par un courant, je me suis élevé le long de la paroi rocheuse. Là, telle une immense fontaine verte jaillissant d'une mer d'herbes ondulantes, se dressait l'Arbre. J'ai senti ma gorge se serrer comme chaque fois que je renoue avec lui. Nous étions arrivés.

Chapitre 5

On ne choisit pas l'Arbre du rassemblement au hasard. Il faut qu'il réponde à certains critères très précis. D'abord, il doit être de grande taille : chaque année, des centaines d'entre nous nous perchons en même temps dans ses branches. Toute la Famille doit pouvoir trouver des sources de nourriture à proximité, à quelques minutes de vol à peine. L'arbre doit être facile à repérer, sans quoi les nouveaux risqueraient de passer à côté. Il faut aussi que ses branches commencent assez haut pour décourager les chats, les ratons laveurs et les martres. Enfin, il doit être isolé des autres arbres, sans quoi nous ne verrions pas venir les hiboux, les aigles… et les humains.

C'est Klara l'Ancienne qui a choisi l'Arbre du rassemblement il y a de cela douze générations. À l'époque, il était déjà un arbre gros et puissant. J'ai entendu de nombreuses histoires à son sujet. Klara l'a aperçu pour la première fois de très loin. Sa silhouette se découpait sur le couchant à la manière d'une énorme corneille perchée sur les falaises calcaires. Grâce à lui, notre Famille a toujours eu de la chance et de la nourriture en abondance. La coutume veut que l'Élu glisse une offrande — une plume, une graine, une baie — sous l'écorce de l'Arbre. Ce jour-là, Klara avait puisé dans le fleuve une perle d'eau douce aussi blanche qu'un lis. Elle l'a insérée dans un pli de l'Arbre. Ce geste, pour lui comme pour les Kinaar, a été une véritable bénédiction. Depuis, combien de nos petits ont passé leurs après-midi à la recherche de cette perle ? Peuplier géant aux immenses membres inclinés, l'Arbre a des racines qui s'enroulent et se tortillent le long de la crête des falaises blanches.

Je me souviens, jeune oisillon, de m'y être senti à l'abri. Je me rappelle aussi avoir contemplé d'un air émerveillé les herbes jaunes et blondes qui s'étiraient d'un côté, les montagnes mauves sous un dôme bleu pâle de l'autre.

On aurait dit que l'Arbre, de ses bras tendus, soutenait le ciel.

Peu à peu, les humains se sont rapprochés. Et là où ils se perchent, ceux-là, ils s'incrustent. De la vraie gomme de pin. Aujourd'hui, leurs nids tentaculaires s'étendent jusqu'au sommet de la colline. Les sentiers et les perchoirs humains essaiment dans toutes les directions, sauf vers la falaise. Mais l'Arbre, qui demeure à une certaine distance de leurs habitations, offre encore une vue imprenable sur la vallée.

Je peux vous confier un secret? Cet arbre me rappelle des souvenirs précieux. Je me souviens de l'odeur piquante de la sève qui montait au printemps et du bruissement doux et haletant de ses branches traversées par le vent. J'ai vu l'écorce se durcir, se texturer et s'épaissir au fil des ans. Des racines s'étiraient et se cabraient dans l'herbe, à la façon de serres cherchant à raffermir leur emprise sur la terre ferme. Je me souviens des corneilles que l'Arbre a consolées, des maux qu'il a guéris, des générations qu'il a défendues, protégées du soleil et abritées du froid. Mon arrière-arrière-grand-père est né dans cet arbre. Ma mère y a rencontré mon père. Et c'est au milieu des herbes hautes qui poussent dans l'ombre de cet arbre, de cet arbre grand et vieux, que j'ai pour la première fois courtisé l'épouse que j'ai perdue.

Je me suis perché près de la cime. La branche a vacillé sous mon poids, exactement comme les cent premières fois. J'ai senti un tremblement dans ma poitrine. Il m'a fallu un moment pour contenir le flot de mes émotions. Quand j'ai indiqué aux autres de venir, plus de neuf cents corneilles se sont posées, ont pris leurs aises, se sont lissé les plumes, ont bavardé et se sont rafraîchies.

L'appel retentissant de la corneille… Existe-t-il un son plus amical, plus joyeux ? Les membres du clan se présentaient, à droite et à gauche. Des jeunots faisaient la connaissance de grands-tantes. Les commérages allaient bon train. Et on n'en était encore qu'au début du premier jour du rassemblement. D'autres corneilles étaient attendues.

Nous jouions de chance. Le printemps promettait une nourriture abondante et variée. Les insectes bourdonnaient déjà et les vers de terre étaient sortis. D'habitude, à notre arrivée, le réveil débute à peine. Cette année, il battait son plein. Au pied de la falaise, il y avait des têtards tachetés dans les mares. Des sauterelles croustillantes comme des noix s'accrochaient aux herbes. Il y avait aussi des moucherons et des moustiques. Des écureuils, des gauphres, des souris, des campagnols, des musaraignes et des salamandres. En plus, l'endroit où les humains cachaient leurs réserves de nourriture n'était qu'à quelques collines. Le plus beau, c'est qu'ils le regarnissaient chaque jour. Par beau temps, ils calcinaient leurs aliments à ciel ouvert. Pour peu qu'une corneille soit vive et un humain insouciant (et ils le sont l'un et l'autre, à n'en pas douter), ce n'étaient pas les gâteries qui manquaient.

Le premier jour du rassemblement a été idyllique. Ces retrouvailles auraient dû compter parmi les plus belles. Que les choses se gâtent rapidement !

Excusez-moi : je dois m'interrompre un instant. Je suis sûr que les mets que j'ai évoqués vous ont mis l'eau à la bouche. Du côté de l'ouest, il reste un peu de lumière. Assez pour trouver de la nourriture. Il y a trop longtemps que nous sommes perchés.

Chapitre 6

Vous avez bien mangé ? Vous vous êtes étirés à loisir ? Vous vous êtes trempés dans une fourmilière ? Entre nous, prendre un bain de fourmis est l'un des luxes les plus exquis et les plus décadents qui soient. Les petits insectes noirs s'insinuent dans des endroits inaccessibles au bec et aux griffes. Étirez-vous sur une fourmilière et roulez-vous dans la poussière. Bientôt, des insectes parcourront votre corps dans tous les sens, grignoteront et festoieront, récureront des recoins difficiles d'accès, repéreront les tiques et les mites, apaiseront des démangeaisons que vous croyiez incurables. Quelle divine sensation ! Pendant ce temps, il va sans dire, on est vulnérable.

Mieux vaut donc poster une sentinelle.

Où en étais-je, déjà ? Ah oui. Le récit.

Je dois vous avouer quelque chose. Le récit, soit l'histoire collective de la Famille, l'emporte toujours sur les préoccupations particulières de tel ou tel d'entre nous. Dans ce cas-ci, en revanche, je vous fais en grande partie le compte rendu d'un échec personnel. Les problèmes qui nous accablent ont germé lentement, et il y a eu des signes avant-coureurs qu'un Élu plus futé que moi aurait peut-être su déchiffrer. Il me coûte de l'admettre. Si j'avais été plus vigilant, j'aurais peut-être compris le péril qui nous guettait, et nous aurions pu nous éviter bien des ennuis.

Je vous ai parlé des changements que nous subissons depuis que nous nous réunissons dans l'Arbre. La proximité des humains est l'un des plus marquants. Ils empiètent sur le territoire de trois côtés et ont à leur service des esclaves et des serviteurs divers. Les chiens ne présentent pas de danger particulier. Ils jappent, d'accord, et tournent autour de l'Arbre, la langue pendante. Ils montrent les crocs et effraient les petits. Mais avez-vous déjà entendu parler d'un chien assez rapide ou assez rusé pour attraper une corneille ? C'est absurde.

Les chats sont une autre paire de manches.

Ces derniers, de quelque race qu'ils soient, nous cassent les pattes. Ils ne sont pas tous dangereux, remarquez. J'irais jusqu'à dire que la plupart d'entre eux sont inoffensifs, trop paresseux pour courir et trop gras pour chasser. Dans les environs de l'Arbre, toutefois, il y en avait un que nous devions avoir à l'œil. C'était un matou brun cendré et roux. Nous l'appelions le Chat rouge ou, par souci de concision, le Rouge. Il avait le poitrail large et le pelage fourni. Costaud mais agile, il possédait des yeux dorés, pénétrants et impitoyables.

Plus que les autres chats de ma connaissance, le Rouge était friand d'oiseaux. Au fil des ans, je l'ai vu souvent accroupi dans les herbes hautes à la limite du ravin. Immobile comme une pierre, il était à l'affût de merles, d'étourneaux et d'autres volatiles de petite taille. Il lui arrivait fréquemment de s'aplatir sous les arbres, dans l'ombre de buissons épineux, et d'épier en silence les sittelles, les jaseurs et les gros-becs. Une fois, il y a longtemps, il a même capturé une corneille. C'était Kif ru Kush, en l'an des Quasi-Ténèbres.

À sa seule vue, les membres du clan des Kinaar lançaient un appel. Le Rouge dressait alors sa tête velue, agitait sa longue queue orangée et dardait ses yeux froids et dorés. J'ignore à quoi songent les chats. Une chose est sûre : dans de telles circonstances, celui-ci n'avait pas de pensées charitables.

Kyp était le seul d'entre nous à ne pas redouter le Rouge. Tellement que l'attitude de notre camarade aurait pu passer pour de l'insouciance. Mais n'est-ce pas là le propre de la jeunesse ? La prudence vient avec la sagesse, la sagesse avec l'expérience et l'expérience avec l'âge.

Quoi qu'il en soit, Kyp avait mis au point un jeu dangereux. Il picorait dans un champ voisin du territoire de chasse du Rouge et feignait d'être absorbé dans la recherche de graines ou d'insectes. Sa tête se baissait et sa queue se dressait. Il ne quittait pas le sol des yeux. Il ne regardait ni vers le ciel ni sur les côtés. Bref, le portrait d'une corneille sans défense.

Kyp, s'il poursuivait son manège assez longtemps, finissait toujours par attirer le Rouge. Rien ne trahissait la venue de celui-ci. Soudain, il apparaissait, tel un fantôme. À peine un murmure au pied des buissons. Il s'approchait lentement, si lentement qu'on ne distinguait aucun mouvement. En rampant, il s'avançait jusqu'à la limite des ombres. C'est alors qu'il explosait. Dans un tourbillon de pattes, sa queue s'agitant follement, il se ruait sur Kyp, le corps déplié, la gueule béante, les griffes à découvert.

À cet instant précis, Kyp bondissait et s'élevait dans les airs, juste assez haut pour ne pas être touché. Le Rouge, furieux, retombait gauchement en sifflant et en crachant. Kyp riait et décrivait des cercles paresseux au-dessus de lui. Témoins de la scène depuis les arbres environnants, nous nous esclaffions à notre tour.

Quand le jeu se déroulait comme prévu, les réjouissances se prolongeaient toute la journée. La déconvenue du Rouge faisait notre bonheur. Quelle corneille ne se réjouirait pas de voir un chat ainsi privé de son repas ? L'exploit de Kyp suscitait la joie et l'admiration. Il possédait une maîtrise et une présence d'esprit ahurissantes. Sans nous l'avouer, nous riions aussi de soulagement. Chaque fois que Kyp se posait dans l'herbe, tournait le dos au Rouge et le laissait s'approcher, chaque fois que le tourbillon de poils et de griffes bondissait de derrière les buissons, les spectateurs, conscients du risque que l'un des leurs courait, avaient des sueurs froides.

Le deuxième jour du rassemblement, les choses se sont gâtées.

Kyp, en effet, est allé chercher de la nourriture du côté où rôde le Rouge. Fidèle à lui-même, notre ami a feint l'indifférence. Le deuxième sixième tirait à sa fin, et le soleil, déjà, avait asséché la rosée. L'air était immobile, épais, lourd. Le Rouge est d'abord apparu dans la petite ouverture rectangulaire du nid humain qu'il habite. Deux yeux dorés luisaient derrière la pierre plate et transparente que les humains placent devant les trous de leurs perchoirs. Quelques instants plus tard, il était dans les ombres découpées sur le terreau, au pied des framboisiers. On aurait dit que le temps avait fraîchi. Puis il y a eu un bruissement de feuilles à peine audible. Des muscles qui se raidissent, des pattes qui glissent, des nerfs qui se tendent. Le Rouge préparait son approche. Ensuite, l'explosion, le tourbillon mortel de poils et de membres, les branches qui claquent. Kyp s'est élancé juste avant que les dents et les griffes se referment. Cette fois, cependant, le Rouge n'est pas retombé en boule sur le sol. Cette fois, il a feint de fondre sur Kyp, puis il a poursuivi sa course rapide, très rapide. Trop tard, nous avons constaté la présence d'une petite silhouette noire dans l'herbe, de l'autre côté des broussailles. Kyp s'est aussitôt retourné et a sonné l'alarme.

Klea a été prise de panique. Ne voyant pas le Rouge et ne sachant pas d'où venait le danger, elle a bondi. Sans tenir compte des appels pressants qui se faisaient entendre d'en haut, elle a foncé vers les buissons. Le Rouge a surgi à cet instant précis. Sans perdre une seconde, il a cloué la petite au sol et a refermé ses mâchoires puissantes sur son dos et son cou. À deux reprises, Kyp a plongé sur le gros chat dans l'espoir d'attirer son attention. Il criait, narguait le félin. Peu de temps après, Kymmy a jailli. Kyp et elle ont fait une nouvelle tentative. Ils ont eu beau s'approcher et s'attarder plus que de raison, le Rouge s'est contenté de s'enfoncer dans l'ombre protectrice des framboisiers. Dans sa gueule, le corps noir et menu pendait mollement.

En s'éloignant enfin, peu après le milieu du jour, le Rouge a laissé le pauvre corps brisé de Klea à la vue de tous, à la limite de la pelouse, sous le soleil cuisant. Il n'avait même pas faim.

Chapitre 7

Pendant la soirée, nous avons été agités, crispés. Certains ont pleuré. D'autres, en état de choc, ne mesuraient pas encore la perte qu'ils avaient subie. L'indignation se mêlait à la douleur, au regret et, bien entendu, au remords : à des degrés divers, nous avions tous contribué à la mort de cette pauvre innocente. Si nous avions sonné l'alarme plus tôt, si les talents de Kyp ne nous avaient pas inspiré une confiance aveugle et si l'un d'entre nous, un seul, n'avait pas été si absorbé par le jeu, la petite Klea n'aurait pas été capturée. On connaît la suite.

Kyp était particulièrement troublé. Incapable de rester en place et encore moins de dormir, il s'éloignait dans la nuit et volait au hasard avant de regagner son perchoir. Ensuite, le manège se répétait.

Le lendemain matin, la lumière ardente du soleil bordait l'herbe, les feuilles et les nuages d'un liséré cramoisi. J'ai accueilli le jour au sommet d'un des hauts phares que les humains aménagent le long de leurs sentiers. On dira ce qu'on voudra à propos des humains, rien ne me plaît davantage que de plaquer mes ailes et mon corps contre un de ces bidules et de sentir sa chaleur se répandre dans mon ventre, remonter jusqu'à mes épaules. La sensation fait des merveilles pour ma carcasse. Les jours où mes articulations me mettent au supplice, j'ai presque envie de dresser la tête et de remercier la Créatrice d'avoir inventé les humains. Quoi qu'il en soit, j'étais là, ce matin, à moitié réveillé et à moitié endormi, conscient seulement de la belle chaleur qui chauffait mes vieux os.

Fidèle à son habitude, Kyp a été le premier à se lever et à aller chercher de la nourriture. Une brise légère venue du nord-ouest remuait les éclats de pierre que les humains accrochent à l'extérieur de leurs nids. C'est ce qui explique que personne n'ait entendu le Rouge.

On ne s'attendait pas à le revoir si vite. Sans doute avait-il été enhardi par sa victoire.

Il s'était embusqué sous les branches basses d'une épinette. Je ne l'ai aperçu qu'à l'instant où il se jetait sur Kyp. Celui-ci a décollé. Hors d'équilibre, cependant, il a heurté une des barrières en bois que les humains prennent plaisir à ériger. Touché à l'aile droite, il a chancelé et s'est affalé sur le sol en se débattant, juste au-delà de la palissade. Le Rouge l'a franchie d'un bond, vif comme l'eau des rapides.

Kyp a essayé de s'enfuir. À l'évidence, quelque chose clochait. Il sautillait, flottait, volait sur une courte distance et se posait. Lors de sa troisième chute, il a dû aggraver sa blessure. En effet, il a commencé à courir dans le champ, de la curieuse démarche chaloupée qu'il avait mise au point. Il bondissait, sautait et glissait sur une courte distance avant de reprendre sa course. Le Rouge, comprenant que Kyp était blessé, a foncé. L'appel avait déjà été lancé, mais les autres émergeaient à peine du sommeil et nageaient en plein brouillard. Quelques-uns des plus jeunes et des plus forts étaient déjà partis chercher de quoi manger.

Kyp s'est approché du bord d'une crête herbeuse. Son avance sur le Rouge avait fondu comme neige au soleil. Muscles tendus, le gros chat s'est élancé. Kyp, s'esquivant, a obliqué à gauche. Malgré sa blessure, il avait une maîtrise de ses mouvements quasi surnaturelle. Puis, sans crier gare, le Rouge s'est arrêté net.

Dans un petit creux étaient réunies une trentaine de corneilles, parmi les plus jeunes, les plus rapides et les plus robustes de la Famille. Sans bruit, elles se sont élevées dans les airs. Le Rouge a tout juste eu le temps de se rendre compte qu'il était tombé dans un guet-apens. Il a aussitôt rebroussé chemin. Kyp, toutefois, l'avait entraîné dans un pré où il n'y avait ni abri ni cachette : faute de mieux, le Rouge a misé sur la vitesse. Dans une course opposant des pattes et des ailes, pariez toujours sur les secondes.

À l'intention de ceux d'entre vous qui êtes trop jeunes pour avoir vu une bande en action, je précise qu'il s'agit d'un spectacle à la fois terrible et merveilleux. Nous n'y avons recours qu'en cas d'urgence. J'en ai vu une refouler un renard dans son antre. À force de les harceler et de les talonner, les corneilles ont obligé des lynx à abandonner leurs territoires de chasse. D'autres, après avoir eu raison d'un aigle royal adulte, ont nettoyé tranquillement sa carcasse. Le Rouge ignorait tout de ces prouesses, mais à voir les corneilles plonger sans bruit sur lui, il ne pouvait que courir.

La bande, qui s'était élevée tel un nuage, s'est abattue avec la force d'une tempête. Soudain, des corneilles ratissaient le pelage du chat, le becquetaient partout en même temps. Jamais encore je n'avais observé pareille concertation. Aucun oiseau ne s'approchait d'assez près ni ne s'attardait assez longtemps pour être victime des griffes fébriles du Rouge. Tour à tour, les becs tiraient, piquaient, frappaient. J'ai alors compris que Kyp, au cours des va-et-vient de la veille, planifiait l'attaque. Moi qui l'avais cru nerveux ! Parvenu aux abords de la colonie humaine, le Rouge avait sur le dos quatre ou cinq plaques chauves, aussi lisses que des pommes. Une déchirure inégale parcourait son épaule. Satisfaites de cette victoire éclatante, la plupart des corneilles ont regagné l'Arbre du rassemblement. Elles riaient, poussaient des exclamations et s'interpellaient. Une autre, cependant, refusait de lâcher prise. Kuper.

Kyp lui a intimé l'ordre de battre en retraite. Kuper est toutefois resté collé au chat. Ai-je dit que Kuper est fort ? Les serres bien enfoncées dans le pelage du Rouge, notre ami a battu des ailes et soulevé le matou. Celui-ci hurlait et se tordait. Soudain, Kuper a dardé la tête et, clic, clac, il a fermé le bec sur le bout de la queue du chat. Le cri de ce dernier a éclipsé tous les autres. Dans le bec de Kuper, il y avait le bout brun et roux de la queue du

Rouge qui, lui, en était réduit à agiter son moignon. Au prix de contorsions, le chat a réussi à planter les griffes de ses pattes avant dans le ventre de Kuper, qu'il a ensuite rabattu au sol. Ils ont roulé dans l'herbe au milieu d'un nuage de poils et de plumes. Si Kyp ne s'était pas posé sur le cou du chat et qu'il n'avait pas, d'un coup de bec, ouvert une plaie béante au-dessus de son œil gauche, les choses auraient peut-être mal tourné pour Kuper. Distrait, le Rouge s'est jeté sur Kyp, qui a habilement esquivé l'attaque.

À cet instant, le maître du chat, un gros humain velu et trapu, est sorti en secouant les membres. D'un battement d'aile, Kuper s'est éloigné. Le Rouge demeurait là, l'air idiot et furieux, à moitié pelé, couvert de sang, un œil fermé. Le moignon de sa queue oscillait follement de gauche à droite. L'humain a pris le chat sous un de ses gros membres supérieurs. Puis, en brandissant l'autre, il est rentré dans son nid à reculons sans cesser de crier et de menacer Kuper. Sacré spectacle, en vérité.

Les choses, toutefois, n'en sont pas restées là. Au contraire.

Chapitre 8

C'est la nuit que naissent les regrets. Dans l'obscurité, tandis que les grillons s'égosillent et que le vent grignote les feuilles mortes, on a le temps de réfléchir à ses erreurs. Perché sur une branche, sous le double couvert de l'ombre et de la nuit, on a le temps de ruminer et de souhaiter que le monde soit autrement. Quand le soleil se lève et que l'aube s'illumine, la vérité éclate au grand jour.

Le lendemain, l'astre du jour a lentement pris sa place à l'horizon. L'air demeurait immobile, chaud et lourd pour la saison. On se serait cru en été plutôt qu'au printemps. D'un côté de l'Arbre du rassemblement, des corneilles tenaient un conciliabule. Kyrk s'est détaché de ce groupe.

Contre un ciel pâle, qu'on aurait dit roussi, il s'est installé à l'extrémité noueuse d'une branche proéminente, de manière à être vu de tous. Il a balayé l'Arbre de son œil unique.

— J'accuse, a-t-il déclaré de sa voix la plus pénétrante, Kyp ru Kurea d'avoir constitué une bande au mépris des règles élémentaires de sécurité. Je l'accuse du même souffle d'avoir mis la volée en danger. J'exige que la Famille se réunisse pour le juger.

« Avoir mis la volée en danger » est une accusation gravissime, et les corneilles perchées dans l'Arbre se sont tues. Les adultes ont obligé les jeunes à se clouer le bec. Leurs « chut » ont déferlé parmi les feuilles, telle une brise légère. Sentant qu'il y avait du grabuge, les corneilles qui étaient en vol sont revenues se poser sur la branche la plus proche. Pendant que chacune trouvait sa place, Kyrk a lissé ses plumes, vite, mais avec un soin maniaque.

Ayant enfin l'attention de la Famille, il a regardé autour de lui. Dans la lueur du levant, il était noir comme du jais. En comparaison, mon plumage avait l'air terne, et j'ai remarqué que je commençais à perdre les plumes de ma queue. La température ? Le stress de la migration ? Allez savoir. Certaines ne tenaient plus qu'à un fil, et quelques-unes gisaient tristement sur le sol. J'étais mal à l'aise à l'idée de monter sur la branche avec une queue dépenaillée et dégarnie. En ma qualité d'Élu, j'avais toutefois l'obligation de présider les assemblées ou les déclarations officielles. Je me suis donc avancé.

Normalement, la procédure aurait voulu que Kyrk discute d'abord avec moi, mais il n'avait jamais été du genre à consulter qui que ce soit. N'ayant pas été prévenu, je n'avais pas eu le temps de me préparer. Je me suis perché sur une branche au nord-est de l'Arbre. Les ailes repliées, j'ai attendu la suite.

— Tu as demandé un jugement et les Kinaar t'écoutent, ai-je déclamé selon la formule usuelle. À toi d'exposer la preuve. Si la Famille tranche en ta faveur, nous ferons ce qu'il faut.

Kyrk a approuvé d'un geste de la tête à peine discernable.

— Il y a deux jours, Kyp ru Kurea, a-t-il repris en utilisant une fois de plus le nom officiel de Kyp, a sciemment attiré l'attention du Rouge. Il l'a taquiné, nargué. Résultat ? Une petite a perdu la vie.

Venue de plus bas, une voix a retenti :

— Ce n'est pas la première fois qu'un chat attrape un oisillon.

— Qu'on le laisse terminer, ai-je murmuré.

— Bien sûr, a dit Kyrk en hochant la tête. Mais quand une petite meurt parce que l'un de nous a enfreint la règle de trois, on doit demander à qui la faute.

Nous étions bec bé. Kyrk avait invoqué une de nos lois les plus sacrées. Quand trois corneilles ou plus sortent ensemble, l'une d'elles doit faire le guet. On nous le répète dès l'instant où nous sortons de l'œuf. Sans le respect des règles qui assurent l'ordre et définissent les responsabilités de chacun, la volée ne survivrait pas. Qu'est-ce qu'une volée, justement, sinon des particuliers qui acceptent d'obéir à un ensemble de principes ? Si Kyp avait mis une vie en danger en négligeant de prévoir une sentinelle, la Famille aurait du mal, beaucoup de mal, à le lui pardonner.

— De plus, a ajouté Kyrk, Kyp a organisé et commandé une bande pendant un rassemblement. Sans consultation préalable, il a enjoint à cette dernière de…

— Prendrais-tu donc le parti du chat ? a demandé une voix persifleuse.

C'était celle de Koren, l'un des meilleurs amis de Kyp. J'aurais parié qu'il était de la bande.

— Laissez-le parler, ai-je répété.

— Non, je ne prends pas le parti du chat, a répondu Kyrk en fixant Koren de son œil unique. Si tu étais plus vieux, tu saurais que j'ai moi-même été membre d'un certain nombre de bandes autorisées. Jamais rien toutefois qui se compare à ce dont nous avons été témoins. Et celles auxquelles je me suis joint n'ont jamais sciemment tenté d'attirer l'attention des humains.

Quelques acclamations ont fusé du côté du petit groupe d'où Kyrk était sorti. Bientôt, elles ont été reprises dans tout l'Arbre.

— Sans compter que cette action fait courir des risques à l'Arbre. Réfléchissez-y un peu, a déclaré Kyrk en haussant légèrement le ton et en regardant autour de lui pour obtenir l'adhésion du plus grand nombre. S'il fallait constituer une bande chaque fois qu'un chat pourchasse une corneille, où en serions-nous ? Ne nous attirerions-nous pas du même coup l'antipathie des maîtres ? Pendant combien de temps les humains toléreraient-ils une telle situation ? Imaginons que le maître du Rouge se fâche et qu'il décide de s'allier aux autres, sous prétexte que nous harcelons ses esclaves... Que se passera-t-il ? Qui peut se défendre contre les humains ? Non, l'action de cette bande a été irresponsable, irréfléchie et, qui plus est, inutile.

L'Arbre était parcouru de murmures de haut en bas, et les amis de Kyp observaient un curieux silence. Kyrk semblait prêt à poursuivre. Je l'ai interrompu.

— Je veux être sûr de bien comprendre. Tu accuses Kyp de trois crimes. Le premier, c'est d'avoir constitué une bande au cours d'un rassemblement, au mépris des consignes de sécurité. Le deuxième, c'est d'avoir enfreint la règle de trois. Le troisième et le plus grave, c'est d'avoir mis la volée en danger. Quelle en a été la cause ? La bagarre avec le Rouge ou la constitution de la bande ?

— Les deux. Si Kyp n'avait pas nargué le Rouge, rien de tout cela ne serait arrivé. Et s'il s'était soucié du bien-être de la Famille, il n'aurait pas agi sans consultation.

— Très bien. Vous avez entendu les accusations de Kyrk. Cette question concerne la Famille, et c'est en famille que les Kinaar règlent les litiges de cette nature. Si vous voulez témoigner ou contester ces propos, vous avez le droit et l'obligation d'intervenir. L'heure est venue. Prenez place devant la Famille réunie.

— Je voudrais dire quelque chose.

Du milieu de l'Arbre, une petite voix a jailli, et Kymmy est venue se poser à côté de moi sur la branche.

— Il faut que j'apporte une précision. Dans ce cas-ci, la règle de trois ne peut pas s'appliquer puisque Kyp et Klea étaient seuls au sol.

— On t'a vue remonter pour aller prêter main-forte à Klea, a signalé Kyrk d'une voix sévère. C'est donc que tu étais au sol avec eux. Tu connais la règle, Kym. Dès que trois corneilles ou plus se réunissent, elles forment une équipe, et l'une d'elles doit monter la garde. En ce qui me concerne, Kyp n'a qu'une seule façon d'échapper à cette accusation, et c'est si un guetteur était en poste. Je considère que c'était la responsabilité de Kyp. Il était l'aîné de vous trois. Crois-tu que c'était la tienne ?

— Je me suis peut-être mal expliquée.

Kym a hoché la tête en s'éclaircissant la voix. Intimidant, Kyrk faisait peser sur elle tout le poids de son influence. Il n'y avait pas que son regard fixe. Sur son cou et ses épaules, ses plumes s'étaient gonflées, tellement que son volume avait crû de moitié. Il faisait peur à voir.

— Oui, en effet, a répondu Kyrk, grave.

— Excusez-moi de vous contredire, monsieur, mais je n'étais pas vraiment sur le sol : j'étais près du sol. Je ne cherche pas à me disculper. J'ai été insouciante, moi aussi. J'aurais dû communiquer avec les autres. En réalité, j'étais dans les framboisiers, un peu au-dessus du sol. Par conséquent... je ne crois pas que la règle de trois ait été...

— Foutaise ! s'est écrié Kyrk. Ça ne change rien à rien. Les autres et toi, vous faisiez la même chose. Sur le sol ou à quelques centimètres, quelle différence ?

— Exactement.

— Exactement quoi ? Tu cherchais de la nourriture avec eux, oui ou non ?

— Non. C'est ce que j'essaie de vous dire.

Kyrk était interdit.

— Non ?

— Non, monsieur.

— Eh bien, dans ce cas... a bafouillé Kyrk. Euh...

Il m'a regardé.

— Elle tente de toute évidence de protéger son ami, a-t-il proféré d'un ton méprisant avant de se retourner vers Kym. Qu'est-ce que tu fabriquais là, dans ce cas ? Que pouvais-tu bien manigancer d'autre ?

Kym gardait le silence.

— Tu dois répondre, lui ai-je rappelé.

— Oui, bien sûr.

Elle s'est raclé la gorge.

— J'observais les humains, monsieur.

Au geste involontaire qu'il a eu, j'ai compris que Kyrk était aussi surpris que moi.

— Tu observais les humains ?

— Oui, monsieur. Par les petites ouvertures transparentes de leurs nids.

— Pourquoi, au nom du ciel ?

— Je les trouve…

La voix de Kym s'est éteinte.

— Plus fort, a ordonné Kyrk.

— Je les trouve intéressants.

— Intéressants ?

— Oui, monsieur. J'étais dans les buissons, les yeux levés dans la direction opposée. Dans leur habitation, les humains mangeaient en position accroupie. C'est pour cette raison que je n'ai vu ni Kyp, ni Klea, ni surtout le Rouge. Et je ne crois pas que vous puissiez me considérer comme l'amie de Kyp, monsieur. Je le connais à peine.

— Si vous n'étiez pas en communication, vous auriez dû l'être.

Kyrk fulminait, frustré de voir sa preuve affaiblie devant la Famille.

— C'était imprudent. Très imprudent. Quand il y a d'autres corneilles à proximité, il faut garder le contact. Même quand on… observe les humains. Tu n'en sors pas grandie, n'est-ce pas ?

— Non, monsieur. C'est pourtant la
vérité.

— Merci, Kymmy, ai-je déclaré.

Elle s'est éloignée en voletant. J'ai eu
pitié d'elle.

— Tu as quelque chose à ajouter, Kyrk ?

— Ce… témoignage… suspect ne change
rien aux conséquences des gestes de Kyp. Et
les deux autres accusations tiennent toujours.
Kyp a constitué une bande sans consultation
et a mis la Famille en danger. Quelques-uns
d'entre vous avez peut-être tiré une certaine
gloriole de la déconfiture du Rouge. D'autres
ont pu juger l'épisode cocasse. Les événements d'hier ne sont pourtant ni drôles ni glo-
rieux. Par ses actions inconsidérées, Kyp a
aggravé le risque que nous courions déjà.
L'Arbre du rassemblement n'est qu'à un jet de
pierre du maître du chat. J'ai une question à
poser à ceux qui se sont dilaté la rate. Rirez-
vous quand l'humain viendra nous chasser ?
C'est tout ce que j'avais à dire.

Les yeux plissés, j'ai parcouru les feuilles
bruissantes. Les chuchotements allaient bon
train. Difficile, cependant, de conclure à l'existence d'un consensus.

— La « consultation », a croassé Keir,
l'un des plus vénérables membres du clan des

Koorda, en se posant tant bien que mal à côté de moi.

Sous son poids, la branche a vacillé, et Keir a eu du mal à rétablir son équilibre. J'ai été surpris de le voir paraître ainsi devant la Famille. Bien qu'il ait le même âge que moi, il est devenu frêle avec le temps. Cette année, j'avais songé qu'il manquerait peut-être le rassemblement. J'ai donc été doublement étonné de le voir intervenir. Lui aussi, d'ailleurs. Après avoir cligné des yeux à quelques reprises, il a jeté un coup d'œil méfiant sous lui, comme si la branche risquait de se remettre à tanguer.

— Je, hum, tenais simplement à préciser le sens de ce, hum, mot. Si ma mémoire est bonne, la bande était constituée d'environ trente corneilles. Comme je ne les ai pas comptées, je ne peux pas en être certain.

S'interrompant, il cligna des yeux de nouveau.

— Les nôtres étaient forcément plus de vingt. Je me rappelle en avoir vu jusqu'à dix ou onze sur le dos du Rouge, et ils étaient au moins aussi nombreux à l'encercler du haut des airs.

— Ils étaient une bonne trentaine, ai-je confirmé dans l'espoir d'aider Keir à préciser sa pensée.

— En effet. Au moins une trentaine.

— Où veux-tu en venir ? a demandé Kyrk. La loi est catégorique : en cas d'urgence, pendant un rassemblement, la Famille entière doit être consultée. Or, cette fois-ci, elle ne l'a pas été. Il apparaît donc clairement que…

— Pardonnez-moi, s'est interposé Keir. Je suis désolé. Dans la loi, on dit « la Famille » et non « la Famille entière ». La conséquence de cette formulation, son, hum, véritable sens, c'est peut-être que la Famille au complet doit être consultée, mais ce n'est pas ce qu'on dit. Je crois qu'on doit conclure qu'il y a bel et bien eu consultation. Peut-être pas officiellement. En particulier pas auprès des aînés. Pour ma part, je n'étais au courant de rien. Mais à moins qu'une corneille puisse constituer une bande à elle seule, ce qui me semble difficile, ou encore qu'elle soit en mesure de se, hum, scinder en plusieurs « moi » différents et de former une bande, je pense qu'il faut en venir à la conclusion qu'il y a eu consultation. Qu'en dites-vous ? Sinon, comment expliquer qu'un certain nombre de corneilles se soient, hum, retrouvées au même moment au même endroit ?

— Oui, oui, a aboyé Kyrk. L'attaque a été planifiée. Je ne le conteste pas, mais c'est différent. Consulter la Famille, c'est plus que…

— Ah bon ? a lancé Keir en regardant par-dessus son bec. Tu en es sûr, Kyrk ru Kurea ? Tu as peut-être raison. Seulement, c'est ambigu. Ce qui te gêne, je crois, c'est moins l'absence de consultation que le fait que certaines corneilles ont été consultées, tandis que d'autres ne l'ont pas été.

Keir, ayant conclu aussi doucement qu'il avait commencé, est allé se poser maladroitement sur une branche plus basse.

— Y a-t-il autre chose ? ai-je demandé.

En bas, près de la base de l'Arbre, un jeunot a chuchoté :

— J'ai faim, moi. Je veux aller chasser.

Sa mère l'a obligé à se taire. Au même instant, Ketch, une grosse corneille de la côte est au plumage hirsute, s'est juché en soufflant sur la branche voisine de la mienne. Ketch avait la manie de donner des coups de bec en parlant, de darder la tête comme pour souligner chaque mot. Il me rappelait un pic. Et c'est ainsi qu'il a amorcé son témoignage.

— À nous voir, a-t-il annoncé, la *Créatrice* rit. Elle est au courant des règles. C'est *elle* qui les a édictées. Les ignorer, c'est lui cracher dans l'œil. Comme moi, Klea appartenait au clan des Kemna. Je la connaissais. Je veille sur elle depuis le jour de son éclosion dans un nid de brindilles au bout d'une branche. Je suis *d'accord* avec Kyrk. *Entièrement. D'accord. Avec lui.*

Ketch ponctuait chaque mot de vigoureux coups de bec.

— *Pour qui* se prend-il, ce Kyp ? L'incarnation de la loi ? Se croit-il plutôt *au-dessus* de la loi ? Je tiens à ce qu'il sache que *personne* n'est au-dessus de la loi. La même chose vaut pour vous tous. Au temps préhistorique, la Créatrice a dit : « Voici la loi. Respectez-la. »

Ketch a pris une profonde inspiration, comme s'il avait l'intention de poursuivre. Puis il s'est rendu compte qu'il n'avait rien à ajouter. Il a conclu d'un souffle :

— C'est mon opinion, et personne ne me fera changer d'avis. D'ailleurs, aucune corneille bête, bavarde et fraîchement sortie du nid ne peut contourner la loi, ni la déformer, ni l'enfreindre. Même quand on est un as des acrobaties aériennes. La loi, c'est la loi. Quiconque aime la Créatrice s'y conforme, et c'est tout ce que j'avais à dire.

Ketch a bondi. À cet instant, j'ai vu Keta s'éloigner de l'Arbre et revenir en prenant son temps. Keta, ma cadette de quelques années seulement, est l'une des corneilles les plus respectées. Comptant parmi les dernières représentantes de sa nichée, elle se souvient du terrible blizzard qui, il y a deux décennies, a déferlé sur les grandes plaines. Elle-même a l'esprit aussi vif que le vent. Mais ses pattes ne sont plus ce qu'elles étaient, et elle a mis un long moment à choisir une branche libre et à se poser dessus, légère comme une aigrette.

— «La loi, c'est la loi», a-t-elle répété en clignant des yeux d'un air solennel, avant de balayer lentement l'Arbre du regard.

Je sais que la vue de Keta a beaucoup baissé et que, à une telle distance, elle ne distinguait ni Ketch ni personne d'autre. Pourtant, on aurait juré qu'elle sondait en profondeur chacune des corneilles.

— C'est peut-être vrai, a-t-elle repris. Si je ne m'abuse, la Créatrice ne perche pas parmi nous, ce soir, et vous ne m'en voudrez pas de croire qu'elle est digne d'un porte-parole aux ailes plus amples que celles de Ketch. Il me semble qu'il y a toujours quelque part quelqu'un qui cherche à détourner la loi dans le dessein de vous en donner un bon coup sur la tête. Pour ma part, je pense que la loi a pour but de nous inspirer, de nous guider et de nous soutenir. Nous avons affaire ici à un cas patent de corneilles qui se servent de la loi pour tenter d'en assommer d'autres. La petite

Klea est morte, et c'est terrible : elle n'était qu'un oisillon en train de découvrir le monde. J'ai beaucoup de peine pour la Famille. J'ai beaucoup de peine pour son clan, et j'ai moi-même le sentiment d'avoir subi une perte. Je ne la connaissais pas bien, mais elle m'a toujours semblé douce et aimable. Lorsqu'un incident pareil se produit et qu'un être innocent est arraché au monde et à ses proches, je ressens de la tristesse et de la colère. Je suis sûre que vous éprouvez la même chose.

« Kyp est la cible idéale de cette colère : il est jeune et il a l'insupportable arrogance propre à son âge. Il a aussi la détestable habitude de ne pas écouter ce qu'on lui dit. Personne, toutefois, n'irait jusqu'à prétendre qu'il est mauvais ou diabolique. Au fond de nous, nous savons que le mal existe et que même les bonnes corneilles se font prendre. Kyp a certainement été insouciant et mérite d'être réprimandé, mais faut-il le punir pour des événements qui, il faut l'admettre en toute honnêteté, ne sont pas entièrement de sa faute ?

« Kym a pris ses responsabilités en se présentant devant nous pour montrer que la règle de trois n'a pas été enfreinte. Kyrk et Ketch insistent néanmoins pour qu'un coupable soit désigné. Écoutez-moi bien, et assurez-vous de la solidité des faits, car ce ne sont pas les coupables qui manquent. Honte à Kyp pour avoir laissé un jeu dangereux dégénérer à ce point. Honte à lui pour avoir décidé d'agir sans avoir au préalable consulté la Famille. C'est une attitude indigne d'une corneille, de l'éthique d'une corneille.

« Et quand vous aurez fini d'en découdre avec Kyp, posez-vous la question suivante : qui donc veillait sur la petite Klea ? Que fabriquait-elle, pour l'amour du ciel, seule sur le sol, en plein jour, sans escorte ni supervision ? Les corneilles ont le devoir d'élever leurs petits. Nous ne sommes pas comme ceux qui poussent leurs oisillons hors du nid et les oublient carrément. Je veux qu'on m'explique pourquoi Klea était sans surveillance quand on sait que le Rouge est le pire des chats.

« La Créatrice nous ordonne de nous entraider et de veiller à ce que nos rejetons deviennent des membres productifs de la volée. Il y a ici des corneilles qui refusent d'assumer leurs responsabilités. Où étaient les membres du clan de Klea ? Pourquoi la petite n'a-t-elle pas pris contact avec Kyp ? Quand les membres d'un groupe se déplacent, ils communiquent. À quoi pensait-elle ? Vous savez ce que disait ma grand-tante ? "Il est plus difficile d'élever un oisillon que de voler un œuf." Je n'admets pas que des corneilles incapables de veiller sur leur progéniture viennent me faire la leçon à propos de la Créatrice. La loi, notre loi, nous aide à prendre des décisions et à éduquer nos jeunes. C'est l'une de nos plus admirables réalisations, et c'est elle qui nous distingue des pies, des geais et d'autres créatures inférieures. Évitons de nous en servir pour punir l'un des nôtres et nous venger. Voilà tout ce que j'avais à dire, moi.»

À peine s'était-elle envolée que Kork, vieille corneille filiforme au bec étroit, a bondi de sa branche.

— Vous me connaissez. Je suis un des aînés du clan des Kemna, et je n'ai pas de conseils à recevoir sur l'éducation de nos petits, merci quand même. Nous couvons des œufs depuis des générations, et j'en connais qui auraient intérêt à se clouer le bec et à regarder ce qui se passe dans leur propre nid. La présente procédure concerne Kyp, ses délits et son inconduite. Dans notre clan, nous avons l'habitude de nous en remettre à la Créatrice et de nous mêler de nos affaires.

«Autre chose : il est beaucoup question, ces jours-ci, de la consommation d'œufs. Vous voulez que je vous dise ? J'en consomme, moi.

Quand j'en trouve, je les gobe. Pareil pour les membres de ma nichée. Rien ne nous en empêchera. Tous les êtres vivants sont faits pour être mangés, d'une manière ou d'une autre. Je ne vois pas pourquoi nous devrions traiter les œufs autrement que les choses vivantes que nous trouvons dans les arbres et les choses mortes que nous ramassons par terre. »

Il promena sur l'Arbre un regard belliqueux.

— Si quelqu'un a quoi que ce soit à redire, qu'il s'exécute maintenant au lieu de lancer des insinuations à tort et à travers. C'est tout ce que j'avais à dire à ce propos.

Les paroles apparemment sans queue ni tête que venait de prononcer Kork ont trait à un conflit larvé qui divise la Famille depuis des lustres : est-il moralement acceptable de piller les nids des autres oiseaux ? Pendant la migration dans les montagnes, la question s'était posée au moment où Kork et quelques corneilles avaient vidé le nid d'un merle. Si les Kemna avaient l'intention de déshonorer la Famille en mangeant des œufs, avait déclaré Keta, peut-être auraient-ils intérêt à joindre les rangs des pies. Pour ma part, je n'ai pas d'opinion à ce sujet, et je ne tenais surtout pas à ce que le débat soit rouvert. J'étais fin prêt à clore la discussion et à passer directement au jugement quand Kerda s'est approchée en voletant et s'est posée sur une branche. Les conversations se sont arrêtées d'un coup. Kerda était la mère de Klea.

Chapitre 9

Avant de dire quoi que ce soit, Kerda est demeurée immobile comme une pierre pendant un long moment. À peine si elle a desserré le bec, même quand elle a enfin pris la parole.

— On a beaucoup parlé, a-t-elle commencé avant de s'interrompre aussitôt.

Je l'ai vue inspirer en étudiant avec attention le ciel et les arbres.

— Beaucoup parlé, a-t-elle enfin répété. Hier et aujourd'hui. Tout le monde s'est prononcé, et j'ai quelque chose à ajouter, moi aussi. Le Rouge a pris mon oisillon, mon bébé, mon âme. Plutôt que de voir ma petite Klea me précéder devant la Créatrice, j'aurais préféré mourir cent fois. Mais je n'y peux rien. Elle est partie. Je ne peux pas vous dire ce que je ressens. Les mots sont insuffisants.

Elle s'est tue une fois de plus. Puis elle est restée là tout simplement. Et la Famille est demeurée là avec elle, immobile et silencieuse. J'ai cru que la pauvre créature avait terminé et qu'elle n'avait pas eu la force de quitter la branche. À cet instant, aussi brusquement qu'elle s'était arrêtée, elle a repris la parole, encore plus doucement qu'auparavant.

— Ai-je été une bonne ou une mauvaise mère ? Toute la nuit, j'ai retourné la question dans ma tête. Je n'ai pas trouvé la réponse. Laissez-moi cependant vous dire une chose. L'action de la bande a déplu à Kyrk ; moi, je m'en suis réjouie. Même que j'en aurais redemandé. Mon seul regret, c'est que ce chat... soit toujours en vie, qu'il continue de hanter les framboisiers et de pourchasser des oiseaux. Ma petite est morte. D'elle, il ne reste plus que des plumes charriées par le vent. Qui jugera le Rouge pour la peine qu'il m'a infligée et la perte de ma Klea ?

Sur ces mots, Kerda a déployé ses ailes et s'est vivement dirigée vers un hallier de trembles. J'ai vu deux ou trois corneilles s'éloigner pour aller la soutenir et lui tenir compagnie. D'autres ont pris la parole, mais l'essentiel avait déjà été dit. Kyrk et ses acolytes ont essayé d'échauffer la foule. Le cœur, toutefois, n'y était plus. J'ai décidé de poser la grande question.

— Quelle sanction proposes-tu ? ai-je demandé à Kyrk.

La réponse a été cinglante.

— Le bannissement.

Soudain agité, l'Arbre a été parcouru de sifflements. Chez les corneilles, il s'agit du châtiment le plus sévère. Au bruit qui est monté, j'ai compris que la majorité de la volée n'approuverait jamais pareille mesure. En même temps, je me suis rendu compte que nous étions dangereusement divisés sur cette question. Je me suis avancé. À chacun de mes pas, la branche vacillait sous mon poids.

— Kyrk invite la Famille à prononcer un jugement, et le verdict qu'il sollicite est le bannissement. Comment allons-nous procéder ?

Il existe deux méthodes. Les membres de la Famille donnent leur opinion, un à un. Même si la procédure est juste, elle dure une journée, parfois deux. On n'y a donc recours que dans les cas les plus graves. Sinon, c'est à l'Élu, moi en l'occurrence, qu'il revient de trancher.

La Famille a sombré dans le silence. J'ai attendu un long moment.

— Très bien. Va pour la décision. Kyrk exige le bannissement. Le coupable, qui devient un paria, doit partir pour ne plus jamais revenir. Il doit rompre tout contact avec elle. En cas d'infraction, il risque d'être attaqué par une bande. Aux yeux de la Famille, il est mort. Son nom est rayé de nos registres. Pendant trois générations, on ne doit ni le prononcer ni le donner à un oisillon. On réserve ce châtiment aux auteurs des crimes les plus graves : le meurtre et le pillage du nid de membres de la Famille. Il s'agit d'actes prémédités, délibérés. Dans ce cas-ci, le châtiment demandé ne se justifie pas. Il y a eu négligence et non pas intention malicieuse.

« La Famille me laisse le soin de décider du sort de Kyp. Trois éléments sont à prendre en considération. Premièrement, il sera interdit d'aller se nourrir du côté des humains pendant toute la durée du rassemblement. De la même façon, il sera interdit de harceler leurs chats et de se livrer à d'autres actions du genre. Sur ce point, je donne entièrement raison à Kyrk. Nous ne pouvons pas nous permettre de provoquer les humains.

« Deuxièmement, aucune bande ne sera constituée sans consultation préalable de la Famille, sauf en cas d'urgence. Si un aigle apparaît à l'horizon, n'hésitez pas à lancer l'appel. En revanche, ne planifiez rien sans d'abord parler aux autres. C'est une simple question de bon sens. C'est là, Kyp, que tu as manqué de jugeote.

« Troisièmement, je veux dire un mot à propos de la mise en danger de la volée. Par ses actions, Kyp a-t-il fait courir des risques à la Famille ? Depuis toujours, il existe, entre les corneilles et les humains, un délicat accord tacite. La présence de ces derniers est synonyme de nourriture abondante. En revanche, qui sait quand ils se mettront en colère ? Vous connaissez le vieil adage : "Trois choses sont imprévisibles : le cours de la tempête, le moment de l'éclosion de l'œuf et l'humeur des humains." J'ai vu certains d'entre eux s'emparer de leurs engins de mort et tuer des corneilles sans raison. En d'autres occasions, ils semblent doux et amicaux. Qui sait ce qu'ils pensent et ce qui risque de les fâcher ? Quoi qu'il en soit, on commet une erreur en obligeant un humain à sortir de chez lui pour voler au secours de son chat. Surtout en plein rassemblement. Kyp, approche-toi, je te prie. »

Kyp est venu se poser près de moi, raide et silencieux. Je l'ai regardé durement.

C'est dans des moments pareils qu'on voit

vraiment les autres pour la première fois. C'est ce qui m'est arrivé avec Kyp. Des yeux noirs comme le jais. Un corps décharné, des pattes maigres, un plumage moins soigné qu'on l'aurait cru, peut-être même un peu ébouriffé, ce qui n'est pas forcément une mauvaise chose. Les corneilles au plumage le plus luisant consacrent trop de temps à leur toilette. Je me suis toutefois rendu compte que la raideur et la gaucherie d'antan avaient disparu peu à peu et que Kyp avait grandi. Il ne serait jamais l'un des plus imposants d'entre nous, mais une corneille ne se résume pas à sa taille. En l'examinant de près, j'ai décelé de l'intelligence, un peu d'ignorance et surtout, surtout, de la volonté. Celle, en l'occurrence, de s'amender, de faire mieux que par le passé.

— Kyp, ai-je demandé, as-tu quelque chose à dire avant que je rende ma décision ?

Il a parcouru la foule du regard à la recherche de Kerda, revenue pour entendre le verdict.

— Je suis sincèrement désolé du rôle que j'ai joué dans la mort de Klea. Je donnerais n'importe quoi pour revenir en arrière. J'ai essayé de lui venir en aide. Trop tard, hélas.

Il s'est tu. Pendant un long moment, Kerda et lui se sont regardés, les yeux dans les yeux.

Qui sait quelles pensées ils ont échangées en silence ? Puis Kyp a incliné la tête.

— J'accepte le jugement.

Je me suis éclairci la gorge.

— Dans notre tradition, le chiffre six est sacré. Il y a six points cardinaux : le nord, le sud, l'est, l'ouest, le haut et le bas. La Créatrice est demeurée dans le nid sacré originel pendant six jours. La Corneille suprême a d'abord engendré une couvée de six oisillons. Alors ta punition, Kyp, est l'expulsion. Pendant six jours, tu vas quitter le rassemblement seul, sans amis ni parents. Durant cette période, il t'est interdit d'entrer en contact avec les membres de la Famille. Écoutez-moi, vous autres ! Vous ne devez lui fournir ni nourriture ni abri. Pendant six jours, personne n'adressera la parole ni ne viendra en aide à Kyp ru Kurea.

« Va-t'en, Kyp. Éloigne-toi de la Famille et reste seul avec tes pensées pendant six jours. Que la Créatrice t'accompagne !

Chapitre 10

Peu de temps après avoir rendu ma décision, j'ai été submergé par les souvenirs de Kyp. Je me rappelle le printemps de son éclosion. Les œufs de sa couvée étaient fragiles. Au sortir de la coquille, Kyp était sans plumes et poisseux. Il respirait à peine. Chaque fois qu'il tentait de se mettre debout, il retombait lamentablement, et il est bientôt apparu qu'il avait une patte plus courte que l'autre. J'ignore s'il aurait survécu s'il avait dû partager le nid, mais son œuf a été le seul à éclore. Sa mère a consacré toute son énergie à le garder en vie. Malgré les vaillants efforts de cette dernière, Kyp a mis du temps à s'épanouir et à voler.

    Quand il a pris son envol… Pour l'amour

de la Corneille suprême ! Jamais je n'ai vu un oiseau maîtriser si vite l'art du vol. Lorsque l'heure de la migration a sonné, Kyp n'était encore qu'un avorton. Nul, cependant, ne doutait qu'il réussirait le voyage. Il se posait souvent en catastrophe. Les efforts qu'il mettait à se nourrir sur le sol étaient laborieux. Dans les airs, en revanche, presque personne ne pouvait rivaliser avec lui. C'était la saison où Kyrk a perdu tous ses petits-oisillons. Sa « couvée de malheur », disait-il. Je pense qu'il en a voulu à Kyp d'avoir regagné le sud avec nous, cet automne-là. Kyrk la tenait enfin, sa vengeance.

L'impact de l'expulsion n'a rien à voir avec celui du bannissement. Six jours de faim et de solitude, c'est long, mais il arrive à tous de passer beaucoup plus de temps dans ces conditions. Être séparé de la volée pendant un rassemblement, jusqu'à la fin de celui-ci ou presque, c'est toutefois dur et déshonorant. Pour un jeune comme Kyp, la perte ne se limite pas aux aspects sociaux de l'événement. Il risque en effet de rater l'occasion de trouver une partenaire qui lui convienne. Lors d'un rassemblement, les femelles libres sont légion, et rares sont celles qui n'ont pas un mâle qui leur conte fleurette. L'expulsion signifie que vous risquez de ne pas pouvoir constituer votre nid. Si la saison suivante se révèle défavorable, que vous êtes blessé ou que, pour une raison quelconque, vous ne participez pas au rassemblement, il est possible que vous n'ayez jamais votre propre nid. Et si les autres décident que vous êtes un parti indigne, conséquence envisageable de l'expulsion, vous serez peut-être obligé de vous associer à une volée différente.

Juste avant le départ de Kyp, avant même que j'aie fini de prononcer mon jugement, j'ai été témoin d'un incident notable. Kuper, perché sur une branche inférieure, a murmuré à l'intention de Kyp :

— Suis le fleuve vers l'ouest jusqu'à la fourche. Va jusqu'au bout du bras méridional. Là, tu découvriras un territoire sûr où la nourriture est abondante.

Kyp a levé les yeux vers Kuper. Ce dernier, cependant, lissait les plumes de sa patte droite. Entre-temps, j'avais terminé mon discours, et la volée était plongée dans le silence. Kyp, après avoir parcouru des yeux les visages des membres de la Famille, a déployé ses ailes et s'est envolé.

Être seul et être condamné à la solitude… Il y a une énorme différence entre les deux. La corneille expulsée éprouve une sensation de vide et de froideur dans sa poitrine, un peu comme un parasite qui vous ronge de l'intérieur. Elle vous tourmente, vous tenaille, vous ronge sans répit.

Kyp s'est éloigné au hasard, pareil à un fétu de paille emporté par le vent. La Famille l'a suivi des yeux jusqu'à ce qu'il ne soit plus qu'un grain de poussière, puis plus rien.

Qui sait à quoi songeait Kyp ? Qui sait quels regrets secrets il ressassait dans sa tête ? Qui sait ce qu'il aurait fait autrement, à supposer qu'il en ait eu la chance ? Chacun dissimule ses pensées dans les replis les plus profonds de son âme.

Kym s'est approchée de moi.

— Vous savez, mon oncle, que le jugement est injuste.

Je n'ai pas quitté des yeux la direction par où Kyp était parti.

— C'était la seule décision possible dans les circonstances. Kyp a eu tort de mécontenter les aînés. Je lui ai évité le bannissement. C'est déjà beaucoup. Maintenant, je suis fatigué. Je vais aller prendre un long bain de fourmis en essayant d'oublier certains des propos qui ont été tenus ce matin.

Chapitre 11

À propos de l'expulsion, je suis partagé. Ce n'est jamais agréable, bien sûr, et c'est parfois dangereux. Seule, une corneille est plus vulnérable qu'en groupe. Pour la Famille, ce n'est pourtant qu'un moyen de dire à l'un des siens :

— Va réfléchir, tu en as bien besoin.

Je suis d'avis que la méditation est un exercice utile qui ne fait de mal à personne.

Si, au départ, Kyp a semblé désorienté, c'est qu'il l'était. Pendant quelques instants, il s'est apitoyé sur son sort. Il était expulsé, humilié. Durant son long vol solitaire, il a ressassé les mauvaises décisions qu'il avait prises, les erreurs qu'il avait commises. Ensuite, il a arrêté un plan d'action. Seuls les oisillons les plus immatures et les imbéciles prétendent n'avoir jamais eu honte de rien. Tout le monde peut se tromper. C'est à la façon de se comporter après avoir commis une erreur qu'on mesure la valeur d'une corneille. Kyp a décidé de suivre le conseil de Kuper. Après s'être laissé entraîner dans la vallée, il a longé les rives du fleuve. Il est toujours possible de trouver un courant plus fort et plus rapide, au milieu; là, cependant, vous êtes à découvert, à la merci des aigles et des balbuzards.

Je le répète: le vol est moins une affaire de muscles que de cervelle. Comment expliquer que certains aînés, à la fin d'une journée de migration, aient plus d'énergie et de battements d'ailes en réserve que quelques-uns de nos jeunes? Il s'agit d'interpréter les vents et de choisir le meilleur courant, celui qui vous emmènera le plus loin. Écoutez-moi, vous, les jeunots: apprenez à décoder la brise et vous avancerez en harmonie avec la nature. Dans le cas contraire, vous aurez usé vos plumes jusqu'aux pennes avant même d'avoir atteint la maturité.

Quoi qu'il en soit, je parlais de Kyp, de ce qui lui arrivait et du reste. Un courant l'a entraîné en aval. Là où le fleuve se divisait, il a pris vers le sud. Le bras a rétréci, et les indices de la présence d'humains ont peu à peu disparu. Le long des rives, les arbres étaient plus vieux et plus gros. Nombreux étaient ceux dont le feuillage surplombait l'eau. Le courant a ralenti, et le lit du fleuve s'est affaissé. En surface, l'eau était calme, immobile, d'un gris-vert riche et foncé. Kyp a poursuivi sa route, et les rives se sont encore rapprochées l'une de l'autre.

Il n'y avait plus le moindre signe d'habitations, et rien n'indiquait que des humains venaient se nourrir dans les parages. Le vent tombé, l'air semblait figé. Avec prudence, Kyp s'est glissé entre les arbres, et la vallée s'est ouverte devant lui.

Des castors avaient érigé un barrage au milieu du cours d'eau et inondé de vastes secteurs de la forêt. Les parois de la vallée encerclaient ce petit lac, l'enveloppaient. La clairière et le lac formaient une sorte d'abri compact et bien net, délimité par le haut couvert végétal et des falaises à pic. Des oiseaux d'une multitude d'espèces — des martins-pêcheurs, des pics, des martinets et des hirondelles — nichaient dans les branches et le tronc des arbres vacillants, gorgés d'eau. Sur le lac, on voyait aussi des huards, des grèbes et des oies. Du côté sud, un immense saule se balançait sous la brise. Le paysage était beau et paisible, pareil au premier fleuve encaissé dans la première vallée, au premier jour de la vie.

Kyp a décrit un vaste cercle de reconnaissance autour de la gorge avant de se poser sur la branche souple d'un aulne touffu. Au même instant, il a senti un doux souffle de vent. Kuper s'est alors perché près de lui.

— Tu en as mis du temps, a lancé ce dernier en étirant son cou endolori.

Kyp regardait fixement le nouveau venu.

— Qu'est-ce que tu fais là ?

Kuper s'est glissé la tête sous l'aile pour redresser une de ses plumes.

— J'ai pensé que tu aurais besoin de compagnie.

— Mais… mais il ne faut pas qu'on te voie avec moi.

Kuper a parcouru des yeux la vallée déserte.

— Tu vois du monde, toi ?

— Tu ne te rends pas compte ? Si on t'attrape, tu seras jugé à ton tour.

— Tu vois bien qu'il n'y a que nous deux, ici. Du calme.

Kuper, qui parlait d'une voix traînante, a étendu les ailes pour profiter d'un rayon de soleil.

— Avant de me joindre à la Famille, je me déplaçais en solitaire. Je suivais les migrations de loin et je restais dans l'ombre des rassemblements. Seul, je vous observais à distance. Certains soirs, je venais jusqu'ici pour dormir. Il n'y avait personne. L'idée d'être banni ne m'effraie pas, à supposer qu'on en vienne là. J'ai déjà passé le plus clair de ma vie fin seul. Alors, s'est-il écrié en changeant soudain de sujet, n'avais-je pas raison à propos de cet endroit ?

— C'est magnifique, a admis Kyp, renonçant à convaincre Kuper de partir. On ne voit jamais d'humains, par ici ?

— Oh ! tu connais les humains ! La Terre entière leur appartient, pas vrai ? Ils sont partout. Non, ils ne vivent pas ici. Seulement, il leur arrive de passer. Seuls ou par groupe de deux ou trois. Comme des fantômes, ils apparaissent tôt, au cours du premier sixième, ou tard au cours du dernier, juste avant la tombée de la nuit. Ils ne font jamais leur nid ici.

— Pourquoi ?

— Comme le dit le vieux Kalum : « Qui sait ce qui motive les humains ? » Venir à certaines heures est peut-être tabou, interdit. Ils sont peut-être paresseux. Je me plais à penser que cet endroit est trop beau pour eux. Il leur faut des sentiers dallés, de la fumée et du bruit, sans parler des boîtes hideuses dans lesquelles ils se déplacent. Un lieu comme celui-ci, tel que l'a voulu la Créatrice... Peut-être que ça ne leur inspire rien.

Kyp a examiné le ciel.

— Et pourquoi les membres de la Famille ne viennent-ils pas jusqu'ici?

— C'est trop loin de l'Arbre du rassemblement et de l'énorme réserve de nourriture des humains. Pourquoi une corneille saine d'esprit volerait-elle jusqu'ici pour trouver à se nourrir, a demandé Kuper sur un ton sardonique, puisque les humains laissent derrière eux un véritable festin? Parlant de nourriture... As-tu faim?

Pour la première fois depuis le verdict, Kyp a senti dans son ventre un léger pincement et il s'est rendu compte qu'il n'avait rien avalé de la journée.

— Je ne dirais pas non à une petite bouchée.

— Je connais un endroit au pied de la falaise. Il y a des têtards et des tas d'autres créatures. Tu as déjà goûté ces petits coléoptères?

— Les verts?

— Ouais.

Kuper a incliné la tête pendant que l'image défilait devant ses yeux.

— Délicieux, non ?

— Il y en a par ici ?

— Seulement sur la rive sud. Tant qu'on en veut. Viens voir.

J'ouvre une parenthèse : je dois avouer avoir un faible pour les coléoptères. Dans ma jeunesse, je les considérais comme la conclusion idéale d'un bon repas. Il s'agit, je crois, d'un cadeau offert par la Créatrice à nos papilles. Ils sont croquants à l'extérieur, fondants à l'intérieur, un peu piquants. Au début du printemps, je m'assoyais sur un rocher, et je ratissais les roseaux afin de me remplir la panse.

Certains affirment que la viande, fraîche ou faisandée, constitue l'élément le plus important du régime des corneilles. Sans la dédaigner, je suis pour ma part partisan d'une alimentation équilibrée : un peu de viande, quelques fruits, un peu de verdure et une grande quantité d'insectes. Ils vous font un plumage lustré incomparable. En réalité, si je m'écoutais, je vivrais de bestioles et de baies sauvages. Au printemps, de minuscules coléoptères au dos vert luisant et, en automne, de ces insolentes sauterelles à ailes rouges, grandes et grasses. Pour le dessert, il y a des mûres qui attendent de vous tomber dans le bec. Les fraises ne sont pas mal non plus, et j'aime bien les airelles, mais elles sont si petites qu'il est difficile de s'en gaver, à moins de déployer d'énormes efforts. Les mûres, c'est une autre paire de manches… En plus d'être délicieuses, elles sont jolies à voir, chaque baie foncée se composant d'infimes globes gorgés de jus, replets et délicats. Vous mordez et le nectar vous inonde le gosier. Le plus beau, c'est qu'il suffit d'un petit buisson pour satisfaire l'appétit le plus robuste.

Les insectes et les baies… Je pourrais vous en parler pendant des heures.

Où en étais-je, déjà? Oui, bien sûr. Kyp et Kuper ont quitté l'arbre. Les voici: deux corneilles qui n'auraient pas dû se trouver ensemble volaient de branche en branche, se laissaient glisser entre les arbres… au péril de leur vie. Peu de temps après, il y a eu un sifflement très doux, comme si la nature avait pris une brève inspiration, puis un bruit sourd. Renversé par-derrière, Kuper a culbuté, cul par-dessus tête.

Chapitre 12

Kyp et Kuper avaient commis une erreur capitale en quittant leur perchoir avant d'avoir procédé à une inspection approfondie des lieux. Une pluie de plumes s'est abattue sur eux. Pendant un moment, Kyp a craint que Kuper n'ait été envoyé au sol. Et il l'aurait été si, d'instinct, il n'avait pas obliqué vers la droite en entendant un bruissement d'air. Kuper était à deux doigts de servir de repas au hibou qui, descendu du vénérable peuplier dans lequel il nichait, les traquait dans un silence de mort. Il avait choisi l'emplacement avec soin et, telle une masse inerte, s'était laissé choir sur le dos sans défense de Kuper. Seule une habile esquive avait permis à Kuper d'éviter les serres grandes ouvertes. Les deux complices n'avaient pas non plus affaire à n'importe quel hibou. C'était un grand duc d'Amérique dans la force de l'âge. Bref, un mangeur de corneilles invétéré.

Sur-le-champ, Kyp a pris les mesures que toute corneille digne de ce nom a assimilées. Se portant à la hauteur du hibou, il a poussé des cris stridents dans le dessein de distraire le prédateur et d'attirer l'attention d'éventuels congénères susceptibles de venir à leur secours. Comme vous le savez, sept ou huit d'entre nous, pour peu qu'ils concertent leurs efforts, arrivent parfois à obliger un hibou à déguerpir. Des oiseaux de cette espèce ont même été tués par une bande plus nombreuse. Les membres de la Famille des hiboux savent donc qu'il vaut mieux nous éviter quand nous sommes en nombre. Les appels de Kyp sont toutefois demeurés sans réponse. Ce jour-là, ils n'étaient que deux pour faire face au rapace affamé.

Kuper a choisi cet instant précis pour oser un geste inédit de mémoire de corneille. Dans l'œuf, déjà, on nous enseigne l'art de semer les grands ducs d'Amérique en plongeant dans les broussailles. Les hiboux sont d'habiles et forts pilotes. Dans les buissons, leur grande taille les désavantage cependant. On nous le répète jusqu'à ce que ce principe devienne une deuxième nature : « Quand il y a du hibou dans l'air, va vite te mettre à couvert. » Au lieu de quoi Kuper, après avoir effectué un tonneau, s'est placé derrière l'agresseur et l'a attaqué.

Le grand duc d'Amérique est plus petit que l'aigle royal et moins rapide que le balbuzard ou le faucon. Pour tuer les corneilles, il n'a toutefois pas son pareil. Son poids et sa grande taille l'avantagent, sans compter qu'il se déplace habilement, en silence. Il chevauche les courants, flotte et multiplie les manœuvres. Il a l'air gros, mais, en vol, il est compact, vif et impitoyable. Aucune corneille saine d'esprit n'aurait l'idée saugrenue d'affronter un grand duc dans un duel aérien. Et pourtant, Kuper s'y est risqué. Il s'est collé au train du hibou en jouant du bec et des griffes.

Au cours de ma longue existence, j'en ai vu des corneilles, mais pas une seule qui, du point de vue de la taille et de l'envergure des ailes, se rapproche de Kuper. À en croire la rumeur, il aurait même du sang de corbeau. Cette fois, cependant, il avait choisi un adversaire au-dessus de ses moyens. Je n'ai encore jamais vu une corneille avoir l'avantage sur un hibou en combat singulier. Et franchement, ce n'est pas demain la veille.

Kuper s'est posé sur le derrière du hibou, et je me demande qui, de Kyp ou du grand duc, a été le plus étonné. Kyp a dû croire que Kuper avait perdu la boule. Se ressaisissant, Kyp a poussé un nouveau cri. Puis, comme l'aurait fait toute autre corneille dans les circonstances, il s'est porté à la hauteur du cou trapu de l'adversaire. Bien entendu, le grand duc, à l'instar des oiseaux diaboliques de son espèce, a la faculté de tourner la tête et de voir derrière lui ou peu s'en faut. Le hibou volait donc en observant la corneille démente qui lui picorait le postérieur et se demandait comment il allait lui régler son compte. Saisissant la patte droite de Kuper dans son bec crochu et acéré, il a donné un bon coup. Il ne s'attendait donc pas à une attaque de la part de Kyp. C'est pourtant le moment précis qu'a choisi ce dernier pour étirer le cou et lui arracher une poignée de plumes avant de s'enfuir à tire-d'aile.

Le grand duc commençait à s'énerver. Fini les folies. Tournant sa grosse tête, il a dardé ses yeux meurtriers sur Kyp et obliqué vers lui. Celui-ci avait bien entendu prévu la manœuvre. Il y comptait même. Écoutez, les petits, écoutez bien, et prenez-en de la graine. Il s'agissait de gagner du temps. Kyp avait distrait l'agresseur et donné à Kuper l'occasion d'aller se mettre à l'abri dans les buissons. Ce dernier a plutôt poussé un cri grave et reten-tissant en s'acharnant sur le cou du grand duc, qu'il picorait, griffait et chevauchait, tel un oisillon jouant sur une branche secouée par le vent. Il a ainsi commis une erreur impardon-nable : le hibou était désormais fou furieux.

Ralentissant, le grand duc a aboyé à la manière d'un chien et s'est renversé. D'un coup de ses épaules massives, il s'est débarrassé de Kuper comme d'un grain de poussière. Puis, d'un battement de ses énormes ailes grises, il s'est retourné et a foncé vers Kuper, les griffes tendues, ses gros yeux jaunes et son bec tran-chant grands ouverts. Et de Kuper, il ne serait rien resté — clac, clac —, sinon quelques plumes, des os épars et, plus tard, des crottes de hibou disséminées çà et là, si Kyp, après avoir à son tour négocié un virage abrupt, n'en avait profité pour fondre sur le ventre mou du hibou. Un moment, celui-ci, le souffle coupé, a été désorienté. Il ne s'attendait pas à une telle tactique. Il se préparait à se repaître d'une corneille, au lieu de quoi il ressentait une dou-leur lancinante, et la corneille insignifiante, dont il croyait s'être débarrassé, volait sous lui.

Si le grand duc avait fait mouche, Kuper lui aurait servi de collation. C'était cependant au tour de Kyp d'être dans sa mire. Il se trouvait sous les serres ouvertes d'un grand duc d'Amérique, voyez-vous, et il n'y a pas au monde d'endroit plus dangereux. Ce hibou est si gros qu'il n'a pas besoin de fondre sur sa proie avec la vitesse de l'éclair, ce qu'il fait malgré tout, en général. Inutile de vous rompre le cou d'un seul coup de bec, comme il s'y emploie parfois. Il lui suffit de vous entraîner dans ses serres immenses, d'une force et d'un tranchant indicibles.

Kyp était donc sous le ventre d'un hibou qui savait manœuvrer et qui avait l'avantage du poids. Ses serres n'étaient qu'à une largeur de plume du cou de Kyp. Kuper a dû agir vite pour sauver son ami. S'assoyant sur les épaules du hibou, il l'a picoré et piqué avec l'énergie du désespoir. La tête épaisse d'un grand duc, que rembourrent des plumes et des os, est toutefois résistante. Celui-ci était d'ailleurs en proie à une rage meurtrière. Il ne voyait plus que Kyp sous lui. Il a tendu ses grosses serres et les a refermées de toutes ses forces.

C'est alors que Kyp a effectué une manœuvre dont je n'avais encore jamais entendu parler, même si je suis assez vieux pour avoir presque tout entendu. Roulant sur lui-même, il a volé sur le dos. En soi, c'est déjà un exploit. Vous savez que le vol à l'envers exige une maîtrise absolue et des ailes redoutables. Si le vent est défavorable, vous chuterez comme une pierre. Kyp volait donc de cette manière, calme et en pleine possession de ses moyens, et c'est dans cette position improbable qu'il a engagé le combat avec le grand duc. Il griffait et donnait du bec sans se laisser démonter, esquivait les grandes serres du hibou, les repoussait avec les siennes. La tête en bas, il devait faire contrepoids à chaque mouvement. À la moindre erreur, il aurait dégringolé, et le hibou se serait jeté sur lui comme des mites sur une pie.

Je n'avais encore rien entendu de pareil et je crois qu'il en allait de même pour ce hibou. Il était coincé entre une corneille folle à lier au-dessus de lui et une autre encore plus cinglée en dessous. Confronté à des griffes et à des becs de corneilles, il ne savait plus où donner de la tête. L'envie de se battre lui est passée d'un coup. En poussant un ululement exaspéré, il a remonté ses serres et, d'un battement d'aile, a repoussé Kuper. Ensuite, dans l'intention de semer ses poursuivants, il a plongé sur sa droite au milieu des branches d'un grand pin. Il a disparu dans les bois. Sans doute est-il retourné à son nid au milieu des peupliers. Là, il se reposerait et se remettrait de ses peines. Désormais, il y penserait à deux fois avant de chasser la corneille.

Vannés et blessés, Kyp et Kuper se sont posés sur les branches d'un sapin, pantelants. Ils sont restés là un long moment, les ailes repliées, à aspirer l'air goulûment. Soudain, Kuper, une patte et le cou couverts de sang, l'aile et l'épaule meurtries, a renversé la tête et a éclaté de rire.

— Ça, c'était une sacrée démonstration de vol ! a-t-il rigolé.

— Pourquoi, pour l'amour de la Créatrice, a explosé Kyp, n'es-tu pas allé te mettre à l'abri dans les broussailles quand je t'en ai donné l'occasion ?

Kuper a déployé ses ailes endolories en s'étirant. Les os de sa colonne vertébrale se sont remis en place. Crac !

— Pas envie, c'est tout. Je n'aime pas qu'on me bouscule, a-t-il répondu sans plus.

Puis il s'est esclaffé de nouveau.

— Allez, viens. Si le cœur t'en dit, on va s'offrir une petite dégustation de coléoptères.

Chapitre 13

Chaque rassemblement obéit à son propre rythme. Celui-ci est fonction de la météo ainsi que du nombre et du tempérament des corneilles qui le composent.

Les premiers jours se déroulent invariablement dans la tranquillité. La migration est exténuante, en particulier pour les plus jeunes et les plus vieux. Parvenu à destination, chacun ne pense qu'à se nourrir et à se reposer. Nous n'arrivons d'ailleurs pas tous au même moment. Les vents contraires et le mauvais temps ralentissent les corneilles les plus déterminées. Parfois, la moitié de la volée a quelques jours de retard.

Dès le troisième jour, cependant, il faut accomplir certaines cérémonies importantes.

On convoque les jeunes et on les investit de leur nom de clan. On présente l'offrande. S'il y a des jugements à rendre, la Famille se réunit. On réserve la quatrième journée aux jeux et aux activités sportives propres aux rassemblements : les courses à relais et les vols d'endurance. Les questions relatives aux clans sont débattues au cours de la cinquième et de la sixième journées. La septième est consacrée à la prière et au souvenir des corneilles mortes durant l'année. Le huitième jour marque une nouvelle page du récit, et les corneilles invoquent la bénédiction de la Créatrice. Ensuite, les familles comme les célibataires réintègrent leur territoire jusqu'à l'automne.

Au lendemain du jugement de Kyp, un gros nuage gris pesait sur le rassemblement. Les rires étaient moins fréquents qu'à l'accoutumée, les conversations tardives plus rares. De petits groupes se réunissaient plutôt sur des perchoirs isolés pour discuter de la situation en privé. Le départ de Kyp n'était pas seul en cause, même si, en son absence, les jeux avaient moins d'intérêt : Kyp était à coup sûr le meilleur candidat des Kinaar. La Famille, chacun s'en rendait compte, était au bord de l'éclatement. Ce n'est jamais une mince affaire.

Des frères et des sœurs, des mères et des fils, des cousins et des nièces sont divisés. Dans de tels cas, il arrive parfois que des membres de la Famille cessent pendant des générations de s'adresser la parole. L'exemple le plus illustre, c'est le schisme de la famille Ketaka. À la suite d'accusations et de contre-accusations de lâcheté dans l'affaire d'un aigle qu'il avait fallu repousser, le clan Kutu a tiré sa révérence. Durant dix générations, aucun membre de ce groupe n'a parlé à la Famille.

Le rassemblement, donc, se poursuivait. Pendant ce temps-là, que devenait Kyp ? Comment s'en sortait-il ? Son exil, il l'a passé presque en totalité dans les ravins et les coulées qui aboutissaient à la vallée créée par le barrage des castors. À la moindre occasion, Kuper lui rendait visite. Le reste du temps, Kyp ressassait des réflexions solitaires. Il explorait. Chaque jour, il faisait des découvertes, même s'il se cantonnait dans un espace plutôt réduit. Où prendre un bon bain sans trop courir de risques ? Quels arbres offraient la meilleure protection ? D'où avait-on une vue imprenable sur les environs ? Pour Kyp, les heures s'étiraient à l'infini, et il en profitait pour se familiariser avec les moindres recoins de la vallée.

Le deuxième jour, il a décrit des cercles autour d'un pin gris touffu avant de se poser sur une branche au bas de l'arbre. S'enfonçant dans l'épais manteau piquant, il est remonté jusqu'au cœur caché de l'arbre, plus frais et plus paisible. Du côté abrité du vent, l'est en l'occurrence, il avait entreposé la carcasse d'une belette à longue queue. À l'instant où il allait commencer à manger, il a entendu un bruit.

Comme il souffrait encore des égratignures et des ecchymoses que lui avait laissées la rencontre avec le grand duc, il était particulièrement vigilant. Aussi silencieux qu'une araignée tissant sa toile, il a déposé la belette et s'est approché du tronc. À l'abri du couvert d'aiguilles et de brindilles, il a parcouru les environs des yeux. Pas un mouvement dans l'air ni dans les arbres avoisinants.

Kyp a alors entendu un nouveau bruit, une sorte de mouvement ou de grattement discret. À peine audible, mais tout près. Au moment où il s'efforçait d'en déterminer la source, la carcasse de la belette a glissé lentement, puis elle est tombée à la renverse, de branche en branche. Pour finir, elle s'est coincée contre une ramille cassée, où le vent la balançait doucement.

Retenant son souffle, Kyp a attendu. Toujours rien. Avec mille précautions, il est descendu à son tour. Presque à la hauteur du sol, il a distingué le même son. Il venait de plus bas, sur la droite. Sûr qu'il n'y avait là rien ni personne qu'il ait envie de rencontrer, il allait s'enfuir avec la belette quand, curieux, il s'est avancé sur la branche inclinée.

Rien. Rien, sinon des ombres parmi les herbes ondulantes, les aiguilles et les pommes de pin.

Au fur et à mesure que les yeux de Kyp s'acclimataient à l'obscurité, une silhouette s'est précisée. Au milieu des aiguilles séchées et des broussailles, dans l'ombre des branches les plus basses et les plus amples de l'arbre, une forme était tapie. L'instinct de Kyp lui dictait de prendre ses ailes à son cou.

Il est descendu d'un autre palier, s'est approché, a repoussé une brindille.

Là, parmi les ombres, était accroupie Kym. Elle regardait dans l'autre direction, comme si elle se cachait, elle aussi.

— Veux-tu bien me dire ce que tu fabriques ici? a demandé Kyp en parcourant du regard les environs dans l'espoir de déterminer pour quelle raison elle se cachait.

Kym s'est retournée vivement.

— Chut ! Va-t'en.

Kyp s'est avancé sans se soucier du retour de la branche qu'il venait de déplacer.

— Comment ça ?

Kym a grogné d'un air impatient.

— Tu veux que je te fasse un dessin ? Dégage. C'est pourtant simple.

— J'ai caché de la nourriture ici, a expliqué Kyp en brandissant la carcasse.

— Oui, a répondu Kym, les yeux toujours braqués sur une cible au-delà de l'arbre. Je vois ça.

— J'étais là le premier. C'est donc à toi de partir.

En signe de frustration, Kym a claqué du bec et hoché la tête.

— Ton garde-manger ne m'intéresse pas le moins du…

— Tu n'es pas censée avoir de contact avec moi.

— Je n'en ai pas, gros bêta, a riposté Kym. C'est toi qui es venu me trouver.

— Et comment pourrais-je entrer en contact avec toi sans que tu entres en contact avec moi, toi ?

Exaspérée, Kym l'a violemment pris à partie.

— En premier ! Tu es entré en contact

avec moi en premier ! Tu m'as adressé la parole.
Tu m'as relancée jusqu'ici.

— Je suis descendu vérifier ma cachette
de nourriture.

Pour prouver ce qu'il avançait, Kyp a
secoué la carcasse qu'il tenait par la queue.

— D'accord, comme tu veux ! Je t'assure
n'avoir aucune envie de ta belette faisandée.
Je suis occupée, moi.

— À quoi ?

— À rien qui ait rapport avec toi. Tu te
mêles de ce qui ne te regarde pas.

— Jamais de la vie. Je... Je peux savoir
pourquoi tu es accroupie ?

S'approchant, Kyp a cherché à voir au-
delà des branches.

Kym lui a barré le chemin.

— Tu n'as pas un peu fini d'ameuter la
forêt ? Pourquoi ne pas monter au sommet de
l'arbre et crier à tue-tête, pendant que tu y es ?
Baisse le ton, je te prie.

— Tu veux que je baisse le ton ?

Kyp a fait un pas vers la droite.

— Je te signale que tu n'as même pas le
droit de me parler.

— Je ne te parle pas, a répondu Kym.

Elle se plaça une fois de plus en travers
de sa route.

— Bien sûr que si ! Comment peux-tu me parler sans me parler ? Qu'est-ce que tu fabriques, sinon ?

— Il ne s'agit pas d'une conversation ! Je me contente de répondre à tes questions. C'est toi qui m'as approchée. J'étais ici, en train de vaquer à mes occupations…

— Lesquelles ?

— Mêle-toi de tes oignons. Va-t'en, maintenant. Allez, ouste !

— « Ouste » ? De quel droit ? Ma cachette de nourriture est ici, et j'ai l'intention de finir mon repas. Il n'y a pas de « ouste » qui tienne, sauf peut-être en ce qui te concerne.

Kym ne semblait toutefois pas prête à obtempérer. Dans ces conditions, Kyp n'allait certainement pas céder. À la place, il s'est remis à manger. Lui tournant le dos, Kym continuait d'épier l'étang aux castors.

— Il y a quelque chose là-bas ? a demandé Kyp. Un aigle ? Un hibou ?

— Non, rien, a-t-elle répondu sans le regarder. Si tu veux t'en aller, tu ne risques rien. Tu peux partir quand ça te chante.

— Pas avant que tu m'aies expliqué à quoi tu joues. Je n'ai pas l'intention d'emporter ma nourriture sans savoir quel danger me guette.

— Pourquoi es-tu venu te cacher ici ? a demandé sèchement Kym.

— Parce qu'il n'y a personne.

— Je suis là, moi ! C'est pourtant évident.

— Je ne t'avais encore jamais vue dans les parages.

— Bon, reste, mange, fais à ta tête, mais, de grâce, tais-toi.

Kyp a obéi. Pendant un moment, il a grignoté en silence, tandis que Kym poursuivait sa surveillance.

— Explique-moi simplement, a-t-il murmuré, pourquoi tu es venue ici.

Kym n'a pas relâché sa vigilance. À la fin, elle a poussé un soupir empreint de lassitude.

— Si je te le dis, tu vas me laisser tranquille ?

— Oui.

Elle a hésité.

— Promis ?

— Oui.

Après un nouveau moment d'indécision, elle a craché le morceau :

— Je les observe.

— Qui ça ?

— Les humains. Là-bas.

— Des humains ? Ici ? Où ça ?

— En bas. Dans les broussailles. À côté du barrage de castors. Sers-toi de tes yeux. Ils sont deux, une femelle et un mâle. Ils forment un couple, je crois. Ils sont couchés sur le ventre, sous l'épinette bleue.

S'approchant de Kym, Kyp a jeté un coup d'œil par la même ouverture. Vers le milieu de la vallée, deux paires de membres dépassaient, enveloppés dans un objet gris-vert qui se perdait presque dans le décor.

— Ah ! les voilà ! s'est exclamé Kyp en les découvrant enfin.

— Tu les vois, maintenant ? a-t-elle demandé lentement, comme si elle s'adressait à un oisillon.

— Oui.

Kyp a hoché la tête, incrédule à l'idée de ne pas les avoir aperçus plus tôt.

— Bon.

— Habile camouflage.

— Bah, ce sont des humains. Ils ne manquent pas d'inventivité.

Les oiseaux sont demeurés un moment à les regarder fixement.

— Kuper dit qu'il est la seule corneille à venir dans les parages, a enfin laissé tomber Kyp.

— Encore un dont le sens de l'observation n'est pas ce qu'il devrait être, a tranché

Kym, impitoyable. Je constate que je ne suis pas la seule corneille avec qui tu as été en contact.

— Oui, euh, enfin… Je lui ai parlé, tu comprends. Il ne s'est pas approché de moi. Je suis seul à blâmer… Tu tiendras ta langue, n'est-ce pas ?

— Chut ! Je m'en fiche. Je ne dirai rien.

Kym a décoché un bref coup d'œil à Kyp avant de se retourner vers les humains.

— Pour ce que ça vaut, a-t-elle repris, je ne suis pas d'accord avec la sanction que tu as reçue. Ce qui est arrivé à la petite Klea… Tu n'y es pour rien. Je comprends le jugement de Kalum. Il n'avait pas le choix. Entre les clans, le torchon brûle. Ça n'excuse rien, remarque.

L'un des humains s'est avancé en se hissant à l'aide de ses membres supérieurs.

— Qu'est-ce qu'ils manigancent ?

— Telle est la question, n'est-ce pas ? a chuchoté Kym pour elle-même autant que pour Kyp.

— Allons voir de plus près.

— Non, non, non. Tais-toi. Et ne bouge pas.

— Si tu t'approches, ils vont s'interrompre. Regarde attentivement. Le plus gros braque un machin noir et carré muni d'un long tube.

Kyp s'est alors rendu compte que l'humain brandissait un objet noir et luisant. Paniqué, il a soulevé ses ailes.

— Un engin de mort !

— Non, non, a sifflé Kym. Reste tranquille et observe. Ce n'est pas un engin de mort.

— Tu en es sûre ?

— Je les ai déjà vus plusieurs fois. Ils se contentent de nous viser avec leur truc.

Comme s'il avait entendu, l'humain a soulevé l'objet et l'a rapproché de son visage.

— Ensuite, a expliqué Kym, ils mettent leurs pattes autour. Et si tu tends l'oreille…

Dans l'air immobile, il y a eu un bourdonnement léger, délicat, semblable au tambourinage de la perdrix, puis deux déclics étouffés.

Quand Kym a expiré, Kyp s'est rendu compte qu'il avait lui aussi retenu son souffle.

— Tu as entendu ? a-t-elle demandé.

— La rumeur d'un grillon ?

— Oui !

— Qu'est-ce qu'ils fabriquent ?

— Je n'en suis pas certaine. Chez eux, c'est une vraie manie. Ils se collent ce machin sur le visage, ils le braquent. Zzzzzz, clic, clic.

— C'est nuisible?

— Non, je ne crois pas, a répondu Kym en secouant vivement la tête. Je les ai vus se viser entre eux, bien plus souvent qu'ils visent les oiseaux.

Elle a étudié Kyp pendant un moment avant de se décider à poursuivre.

— J'ai une théorie.

— Laquelle?

Kym a baissé la voix, comme si elle craignait les oreilles indiscrètes.

— Je pense que c'est leur façon à eux de se courtiser.

— Hein? Comment ça?

— Je crois que c'est un rite nuptial.

— Tu viens de me dire qu'ils visent aussi les corneilles dans leur, leur…

— Les humains sont jaloux des corneilles, non? Ils le sont peut-être au point de vouloir une corneille comme partenaire…

— Une corneille comme partenaire?

— C'est juste une théorie.

— Hum… Ce serait donc une parade nuptiale…

— Oui! Quand nous nous faisons la cour, nous nous offrons de la nourriture, pas vrai? Parfois, les humains jettent des miettes sur le sol à notre intention. Je l'ai vu, de mes yeux vu. Chez les animaux, il y a d'innombrables rites nuptiaux. Pourquoi pas chez les humains?

Kyp a contemplé les spécimens allongés sous le buisson, leurs longs membres étalés dans la poussière de manière franchement disgracieuse.

— C'est absurde, a-t-il grogné. Ils sont énormes.

— Tu as une autre explication? À première vue, ces objets noirs ne servent à rien. Pas plus que les tubes foncés que les humains pressent contre leur visage, comme deux longs yeux. Tu vois? Ils en ont, les deux là-bas. Les longs yeux sont silencieux, au contraire des machins noirs et carrés. Les humains les portent à leurs yeux, les enlèvent et s'en servent pour se viser. Ils n'en ont pas peur. De quoi peut-il bien s'agir?

Kyp a ouvert le bec, puis il s'est ravisé, le temps de réfléchir.

— Va savoir, a-t-il enfin répondu.

— C'est là le problème, l'épineux et insupportable problème. Je les observe inlassablement depuis si longtemps... Il y a un couple que j'étudie depuis des années. Parfois, j'ai l'impression de n'avoir rien appris.

Kym a soupiré.

— À quoi servent ces bidules ? Nous ne le saurons peut-être jamais.

— Je te parie que si ! a lancé Kyp après un moment d'hésitation.

— Comment ?

— C'est simple, s'est-il exclamé en prenant son envol.

— Non, non ! Reviens ! Ne va pas plus loin ! a sifflé Kym.

Kyp, déjà, était hors d'atteinte. Ses ailes déployées l'ont rapidement conduit à proximité de l'humain à l'origine du bourdonnement que Kym et lui avaient entendu plus tôt. Le visage était toujours vissé au carré noir.

Après s'être posé avec la légèreté d'une feuille d'automne, Kyp a examiné attentivement le premier. Échoué sur son ventre colossal, il avait sur la tête une sorte de pelage grisonnant. Il s'agissait probalement du mâle de l'espèce. Il a suffi à Kyp de deux bonds pour se rapprocher d'une sorte de sacoche noire. Du bec, il a alors tiré sur un rabat. Il y a eu comme un bruit de déchirure, et un paquet noir est sorti. L'humain a remué, alerté par le bruit. Tendu, Kyp s'est préparé à décoller. L'humain a ensuite rapproché la boîte noire, l'a pressée contre son visage. Un bruit, puis deux déclics.

Kyp a soulevé le lourd paquet. Il pendouillait de façon précaire. Kyp, cependant, était sûr qu'il ne l'empêcherait pas de voler. Il devait au préalable vérifier un autre détail.

Déposant sa charge sans bruit, il s'est avancé vers les pieds du mâle. À cette distance, Kyp distinguait les borborygmes et les gargouillis de l'appareil digestif de l'humain de même que chacune de ses inspirations et expirations. Kyp s'est rapproché encore un peu. Il sentait la chaleur du corps de l'humain contre son aile gauche, à une largeur de plume des longs yeux déposés dans l'herbe. Kyp a incliné la tête et jeté un coup d'œil dans le petit bout de l'appareil noir et lustré. D'abord, il n'a rien vu. Puis… Il a reculé d'un pas en poussant un léger croassement de surprise. L'humain s'est retourné.

Kyp a levé les yeux à l'instant où son vis-à-vis retirait la boîte noire qu'il avait devant le visage. Retraitant jusqu'à la sacoche, Kyp s'est alors emparé du paquet qui en était tombé. Étonné et pris de panique, l'humain se secouait en émettant des grognements. Sans doute était-ce un message. L'autre humain, en effet, a bondi. Kyp s'est soulevé dans les airs. Le paquet, encombrant, le déséquilibrait. Les humains fondaient sur lui en poussant des cris de colère. D'un rapide battement d'aile, Kyp s'est mis hors d'atteinte. Craignant d'entendre la détonation de l'engin de mort des humains, il a volé sans se retourner.

Bondissant, Kym a plongé sur les humains pour attirer leur attention. Ces derniers ont baissé la tête en soulevant leurs membres supérieurs. Survolant le sapin, Kyp a traversé le plan d'eau pour aller se poser dans une lointaine épinette d'où il verrait venir les humains s'ils décidaient de le pourchasser. Il a laissé tomber le paquet sur une branche épaisse, près du tronc. Soulagé, il a gonflé ses poumons. Il prenait à peine conscience de l'intensité de l'effort qu'il avait dû fournir. De l'autre côté, les humains gesticulaient et s'égosillaient toujours. Kyp a rigolé et, quand Kym s'est perchée près de lui, il riait toujours.

— C'était stupide ! l'a-t-elle réprimandé. Stupide comme tu n'as pas idée. À côté de toi, un moineau aurait l'air intelligent, une corneille idiote passerait pour un génie.

— Tu sais ce que disait mon père ? a demandé Kyp entre deux éclats de rire. Les entreprises stupides sont celles qui échouent. La mienne a réussi.

— C'était quoi, au juste, ta petite bravade ?

— De l'exploration. Un peu de chasse. J'ai rapporté de la nourriture. Tu en veux ?

Kym a examiné le butin.

— Je ne dirais pas non, a-t-elle concédé.

— Dans ce cas, attaquons. Bon appétit.

— Évidemment, a dit Kym entre deux becquées, tu vas devoir te prêter aux rites de la prière et de la purification.

— Évidemment.

— Qu'est-ce que tu as vu à côté de l'humain ?

Kyp a levé les yeux de son repas.

— Tu veux vraiment le savoir ?

— Tu m'énerves ! Bien sûr que je… Oui, je veux le savoir ! Sinon, pourquoi est-ce que je te poserais la question ?

Pour se calmer, elle a inspiré profondément.

— Ce que tu peux être exaspérant… Tu es toujours comme ça ?

Kyp a avalé sa nourriture et a dressé la tête.

— J'ai regardé dans les longs yeux.

— Non ! a soufflé Kym en se rapprochant.

— Si.

— Vraiment ? Et qu'est-ce que tu as vu ?

— Tu ne me croirais pas.

— Peut-être.

Elle a marqué une pause.

— Alors, c'était quoi ?

— Non. Tu vas me prendre pour un menteur.

— Est-ce qu'ils…

Kym, baissant la voix, s'est penchée vers l'avant.

— … rapprochent les objets ?

Kyp a écarquillé les yeux.

— Oui ! Tout a l'air plus gros là-dedans ! Comment le savais-tu ?

— C'était une théorie. Pourquoi regarderaient-ils à l'intérieur s'ils y voyaient exactement de la même façon ? Alors ?

— J'ai jeté un coup d'œil par le petit bout et…

— Quoi ?

— … et l'autre extrémité de la vallée — les arbres, les herbes, les buissons et même les insectes — avait l'air dix fois plus grosse.

— Incroyable.

— C'était extraordinaire ! Un peu effrayant aussi.

— Je comprends.

En bavardant, ils ont fait honneur aux provisions des humains, des tomates, quelques-unes de ces choses spongieuses entre lesquelles ils mettent d'autres aliments, des lanières de viande. Absorbés par la conversation, ils mangeaient distraitement.

— Ils nous observent sans arrêt ? a lancé Kym, le bec à moitié plein.

— Qu'est-ce que tu veux dire ? a demandé Kyp en extirpant un bout de viande du sac.

— Je les vois mettre les longs yeux. C'est pour nous regarder. Seulement quand ils sont loin.

— Et nous avons donc l'air…

— … plus proches.

Kyp a dressé la tête en essayant d'imaginer un humain en train de braquer les longs yeux sur eux.

— Pourquoi ?

— Pardon ?

— Pourquoi est-ce qu'ils veulent nous voir en gros plan ?

— Sans doute parce qu'ils s'intéressent à nous. Je sais que l'idée du rite nuptial te semble saugrenue… Seulement, c'est là que j'ai compris l'effet grossissant des longs yeux. S'ils les utilisent pour nous observer à distance, ce n'est sûrement pas pour rien. C'est ça, un rite nuptial. Avoir envie de voir quelqu'un, de le voir de près.

Kym a cessé de manger et s'est mise à se lisser les plumes avec empressement.

— Il vaut mieux que j'y aille. Après avoir mangé la nourriture des humains, il faut que je me purifie, moi aussi.

La branche était jonchée de miettes, et des fourmis se chargeaient de la nettoyer. Kyp, qui examinait le manège des insectes, en a cueilli un au passage, puis a prévenu Kym.

— Il vaudrait mieux que tu restes loin d'ici.

Kym a interrompu sa toilette.

— Pardon ?

— Si quelqu'un apprenait que tu es venue ici en même temps que moi, on risquerait de te…

— Tu es sourd ou quoi ? Je vais revenir. Tu peux y compter. Si d'autres corneilles ne comprennent pas, tant pis pour elles. Je sais ce qui m'amène ici, moi. Crois-moi, tu n'y es pour rien.

— Je le sais bien. Je n'ai jamais prétendu le contraire.

— Et si on me pose la question… D'ailleurs, c'est hautement improbable. Qui le ferait ? Personne ne vient jamais par ici. Le cas échéant, je répondrai. Et si les autres se méprennent sur mes intentions, c'est leur problème.

Soudain, la branche a ployé sous un poids considérable. En se retournant, les oiseaux ont vu Kuper en train de replier ses ailes.

Dans ses griffes, il tenait une proie bien fraîche, du moins un énorme bout.

— Salut, a-t-il dit en direction de Kyp et de Kym.

— Salut, a répondu Kyp en se demandant comment réagir. Tu connais Kym, Kuper ?

Toujours au bout de la branche, la corneille a déposé le morceau de viande et regardé Kym.

— Bon vent, a-t-il déclaré sur un ton un peu cérémonieux.

— Bon vent.

Ils ont continué de s'observer l'un l'autre.

— Je suis tombé sur Kym en essayant de retrouver une de mes cachettes, a expliqué Kyp. Elle ignorait que j'étais là.

Ni Kuper ni Kym ne semblaient disposés à rompre le silence. Kyp s'est tourné vers Kym.

— C'est Kuper qui m'a parlé de cet endroit. Il ne dira rien à personne. Pas vrai, Kuper ?

— À condition qu'elle aussi tienne sa langue.

— Entendu.

Un silence pesant s'est installé entre eux. Chacun épiait les deux autres. En sautillant, Kym s'est avancée.

— Il faut que j'y aille. Il y a une cérémonie à laquelle je dois absolument assister. Des noms à choisir. Au revoir.

Sous le regard de Kyp et de Kuper, elle s'est élancée. Bientôt, elle survolait le plan d'eau. Sur la surface chatoyante, le corps de Kym se réfléchissait. On aurait dit deux oiseaux identiques, parfaitement synchronisés.

Il y avait donc trois corneilles jeunes et impétueuses qui avaient contrevenu de façon flagrante à nos lois. Kym et Kuper s'étaient entretenus avec une corneille expulsée. Kyp n'avait pas respecté les règles de l'expulsion et avait parlé à d'autres corneilles alors qu'il était sous le coup d'un jugement. Difficile de les considérer comme des modèles à suivre. Et pourtant, autant vous prévenir, sans ces trois-là, rien ne prouve qu'un seul d'entre nous aurait survécu au rassemblement.

Chapitre 14

Il faut maintenant que je vous fasse faire un bref détour, et je ne voudrais surtout pas vous perdre dans un courant ascendant. Approchez-vous et écoutez patiemment. Il y en a parmi nous qui envient les humains. Sachez ceci, cousins : ce sont plutôt eux qui nous envient.

Dans les temps immémoriaux, les humains et les corneilles étaient de la même taille, et eux comme nous avaient de longues et superbes ailes à la place des membres maigrichons qu'ils arborent aujourd'hui. Conçus pour le vol rapide, les humains, semblables à des faucons pèlerins, étaient toujours affairés.

À cette époque-là, déjà, les corneilles volaient avec une grâce sans égale. En dépit de la rapidité des humains, la Corneille suprême demeurait la favorite de la Créatrice. La Corneille aimait raconter des histoires et plaisanter. À la nuit tombée, les autres créatures s'endormaient près de son nid. Le Premier Humain fonçait ici et là, toujours occupé. En son for intérieur, cependant, il se sentait creux. Il avait beau s'agiter et voler à la vitesse de l'éclair, rien ne comblait ce vide. Un jour, il a eu une idée. « Je vais lancer un défi à la Corneille suprême, a-t-il songé. Un concours de vol… Après, je me sentirai tout-puissant. »

La Créatrice connaît nos pensées avant même qu'elles se forment dans notre tête. Elle est allée trouver la Corneille suprême dans son nid.

— Écoute-moi, mon amie, a-t-elle commencé. L'Humain ressasse des idées noires. Bientôt, il demandera à la Création de décider qui règne sur l'air.

Devant ces propos, la Corneille suprême a ricané. Ses plumes, toutefois, se sont hérissées. Elle a dodeliné de la tête avant d'affûter son bec contre une branche.

— Pour qui se prend-il ? a-t-elle demandé à la Créatrice. L'issue est connue d'avance. Qui fend l'air en tourbillonnant ? Qui effectue des boucles et des sauts périlleux ?

— Toi.

— Qui se laisse choir du ciel, droit comme la grêle, et se redresse au dernier instant?

— Toi, a patiemment répondu la Créatrice. Écoute-moi bien, Corneille suprême. Je ne veux pas d'ennuis. Les autres créatures me sont aussi précieuses que toi, et je tiens à vous tous. Je te conseille d'éviter cette querelle. Va-t'en au pays du Nord et restes-y un moment. Gave-toi de poissons et de caribous jusqu'à ce que la lubie de l'Humain lui soit passée.

À contrecœur, la Corneille a signifié son accord d'un geste de la tête. Dans son for intérieur, elle fulminait. Après le départ de la Créatrice, elle a parcouru la branche en sautillant. «Quelle insolence! a-t-elle songé. Pourquoi devrais-je m'exiler à cause de la bêtise de l'Humain? Pourquoi faudrait-il que j'aille vivre dans le pays du Nord, froid et stérile? Pourquoi faudrait-il que je disparaisse sans un mot d'explication, tel un lâche?»

Ne pas obéir à la Créatrice était impossible, inconcevable. Et pourtant, à la pensée de ce que les autres diraient d'elle à voix basse, la Corneille suprême, humiliée, s'est mise dans un état de frustration tel que la seule chose à faire dans les circonstances était de se reposer.

Pendant que la Corneille suprême dormait pour se calmer les nerfs, le Premier Humain est arrivé. Il a décrit trois cercles au-dessus de la Corneille endormie avant de lancer son défi. Celle-ci s'est réveillée en sursaut. Elle a cependant évité de répondre. Enfonçant la tête sous son aile, elle a réfléchi. Le Premier Humain a répété les mêmes mots, plus fort. Si la Corneille suprême se défilait, a-t-il proclamé, chacun comprendrait qu'elle avait peur. La Corneille suprême a senti ses plumes se hérisser. Pourtant, se souvenant du conseil de la Créatrice, elle a tenu sa langue.

Le Premier Humain lui a alors proposé un terrible pari.

— Le perdant sera à jamais considéré comme un poltron, trop faible pour assumer la lourde responsabilité du vol. Il renoncera à ses ailes pour l'éternité.

La Corneille suprême a ouvert un œil. Chacun sait que rien ni personne ne vole mieux qu'une corneille. Elle a donc accepté.

On a convié toutes les créatures, tant les petites que les grandes. Le Premier Humain a commencé. Il a volé si vite qu'il a devancé son ombre. Des cris et des acclamations ont fusé. La vitesse de l'Humain, qui venait de signer son trajet le plus rapide, avait impressionné l'assistance.

La Corneille suprême s'est ensuite exécutée. Se laissant tomber de la branche, elle a déployé ses ailes. On aurait cru qu'elle venait d'inventer le vol. Existe-t-il un animal si gracieux ? L'écume délicate qui borde la crête d'une vague a l'air grossière en comparaison. La rosée qui caresse les feuilles à l'aube semble terne. La Corneille suprême a effectué un vol si harmonieux qu'il a éclipsé tous les autres. Pas de doute possible. La Corneille suprême a été déclarée gagnante à l'unanimité, et le Premier Humain, fidèle à sa promesse, a renoncé à ses ailes.

Le Premier Humain a donc perdu ce concours qui n'aurait pas dû avoir lieu. Malgré de vaillants efforts, la Corneille suprême n'a pas su cacher son mépris ni se montrer belle joueuse. Elle a survolé le Premier Humain en riant et en poussant des cris de triomphe. Elle a effectué des plongeons en piqué, raillé le perdant et entonné des chants grivois.

C'est à ce moment que la Créatrice est apparue. Et qu'est-ce qu'elle était fâchée !

— Corneille suprême ! s'est-elle écriée.

Le ciel s'est assombri.

— Espèce d'idiote ! Rapetisse donc.

Aussitôt, la Corneille suprême s'est mise à rétrécir. Elle ne s'est arrêtée de fondre que lorsqu'elle a atteint sa taille d'aujourd'hui. Effrayée et honteuse devant les autres, elle s'est enfuie pendant que la Créatrice prononçait son jugement.

— Puisque le concours s'est tenu à ta demande, Humain, je te cloue au sol et je te condamne à l'activité. Fabrique, façonne, plante, cultive. Corneille suprême, a-t-elle ajouté en se tournant vers la silhouette qui s'éloignait, reste petite. Que ta taille tempère ton orgueil. Que les humains te chassent de leurs jardins ; que tes ailes, source de ta fierté et de tes errements, te gardent en sécurité jusqu'à la fin des temps. Sers-toi du vol pour demeurer en vie et de ton esprit vif pour protéger ta famille.

Et parce que la Corneille suprême était chère à son cœur, la Créatrice a lancé une ultime bénédiction.

— Petite tu resteras. Vole en groupe, cependant, et tu seras forte. Que le nombre te soutienne et te réconforte. Crie pour alerter les tiens, et jamais tu ne seras prise au dépourvu.

Il en est ainsi depuis les temps immémoriaux.

Seuls les humains sont des êtres volants déchus. Depuis cette époque lointaine, ils constituent une espèce bien terrestre, dont l'âme et le cœur sont cloués au sol. Terriens de pied en cap, ils sont aussi lourds et durs que la pierre. Ils nous en veulent de la perte qu'ils ont subie et détestent les animaux témoins de leur honte. Chaque jour, ils s'ingénient à trouver le moyen de se venger.

Le conflit entre les humains et les corneilles ne date donc pas d'hier. Chaque victoire s'accompagne d'une défaite. Nous les pillons ; ils nous tuent à la moindre occasion.

Si je vous ai raconté cette histoire, c'est parce que les humains jouent un rôle important dans mon récit. Il ne faut pas oublier l'origine de nos rapports.

À propos des humains, sachez aussi ceci : bien que la Créatrice les ait dépossédés du pouvoir de voler, ces derniers ont acquis une puissance qu'il nous est difficile de comprendre. Autrefois, la Terre ne comptait pas plus d'humains que de renards ou de belettes. Nous pouvions voler de l'aube jusqu'au coucher du soleil sans voir d'humains ni d'habitations.

« Avant même qu'il y ait des œufs, disait ma mère, avant que les humains construisent des nids sur chaque colline et des sentiers dans chaque vallée, l'espèce la plus abondante était le bison. Les gros animaux formaient des troupeaux si imposants qu'ils soulevaient d'immenses nuages de poussière sur leur passage. C'était comme si un océan de poils, de sabots et de cornes déferlait sur les collines et inondait les plaines. »

C'est une histoire véridique, contée par mes ancêtres, qui eux-mêmes la tenaient des leurs, et j'ai vu de mes propres yeux les vestiges de ces grands troupeaux. Jadis, nous suivions les bisons : des insectes bourdonnaient autour d'eux et les oiseaux s'en gavaient. Les loups, les coyotes et les ours chassaient les bisons et les créatures qui les suivaient. Partout où il y avait des bisons, la nourriture était abondante.

On affirme que les corneilles ont entrepris leurs migrations vers le nord dans le sillage des bisons qui remontaient jusqu'à leurs nouveaux pâturages. Cette époque est révolue. Les bisons ont disparu. Ils ont été exterminés par les humains, dont les nids envahissent les prairies. Aujourd'hui, ces derniers et leurs vastes réserves de nourriture, les animaux qu'ils ont réduits à l'esclavage, leurs champs de céréales et de fruits nous engraissent.

Il y a toutefois une différence. Les bisons laissaient les autres créatures les suivre et prospérer : les mouches noires et les chiens de prairie, les coyotes et les lapins. Là où les humains se réunissent, en revanche, les autres espèces péríclitent. Seules celles qui se nourrissent comme les humains se tirent d'affaire, à condition d'être assez rapides pour les piller et assez futées pour leur échapper. Bien que nous comptions sur eux, les humains nous inspirent des sentiments mitigés.

On raconte que, dans les temps immémoriaux, toutes les créatures communiquaient entre elles. Je crois qu'un jour il en sera de nouveau ainsi. Les divisions s'estomperont : les humains et les corneilles recommenceront à cohabiter en harmonie.

En attendant, nous vivons dans le monde tel qu'il existe. Parce que les humains sont meurtriers, nous limitons les contacts au strict minimum et nous nous purifions après chaque rencontre. Puisqu'ils ont réussi à exterminer une espèce aussi abondante que le bison, la prudence reste de mise. Les lois qui régissent nos rapports avec les humains ne sont pas le fruit du hasard.

Je vous prie de bien vouloir garder ces réflexions dans l'une de vos serres ; dans l'autre, tenez bien le récit que j'ai amorcé.

Où était donc Kyp au troisième jour de son expulsion ? Il était caché tel un bécasseau au milieu des joncs et des quenouilles, en bordure du fleuve. Que fabriquait-il là ? Il jouait les espions. Et qu'observait-il ainsi ? Nous, sa Famille.

Rien ne stimule l'envie comme l'interdit. Rien n'est plus précieux que l'inatteignable. Kyp, qui avait passé du temps en compagnie de Kuper et de Kym, n'avait plus que trois jours à attendre. Qu'importe. Quand tombait la nuit, Kyp se sentait aussi dépourvu que le dernier moustique de l'automne. Chaque instant passé loin de la Famille lui semblait une éternité. Quand la pensée du rassemblement et de ses camarades est devenue trop envahissante, il a décidé de prendre les choses en serres. Avec mille précautions, il a volé jusqu'au pied de la falaise. En haut trônait l'Arbre sacré. Là, au milieu des moustiques piqueurs et des roseaux jaillissant de la vase, il a suivi le va-et-vient de ses frères et sœurs. S'est-il senti mieux pour autant ?

Non, bien sûr que non ! Il s'est senti moins bien, mille fois moins bien. Ses amis lui manquaient, de même que les cérémonies et les jeux. Il avait envie de se pomponner et de se lisser les plumes. En pensée, il revivait des échanges animés entre corneilles en train de se reposer sur un perchoir ou de traquer les moustiques dans l'herbe. Le manque lui paraissait encore plus cruel.

Tandis que Kyp restait là à s'apitoyer sur son sort, six jeunes corneilles l'ont survolé. Pour éviter d'être vu, Kyp est presque descendu au sol. Il a épié le passage des jeunots, aux prises avec une violente vague d'envie et de tristesse.

À cet instant précis, il a senti un souffle tiède. C'était bizarre. Sous le couvert des broussailles, au pied de la colline, l'air aurait plutôt dû être frais et humide. Pourtant, le phénomène s'est répété, et il a détecté le parfum de… L'odeur était familière, même s'il n'aurait pas su la nommer. Baissant les yeux, il a aperçu, au milieu des quenouilles, l'embouchure d'un tunnel creusé par des humains.

Kyp n'en était pas à son premier spécimen. C'était de grands tubes aux parois en pierre qui serpentaient sous les nids des humains et finissaient dans le fleuve. Évidemment, il voyait tous les jours des objets d'origine humaine. Comment faire autrement? Il n'y pensait jamais beaucoup. Après sa conversation avec Kym, toutefois, il était porté à voir les choses d'un œil nouveau. Il s'est approché. Tendant l'oreille, il est monté dans un arbre pour examiner le tunnel. Un vaste rosier aux branches dures et épineuses en dissimulait à moitié la gueule. Penché, il a jeté un coup d'œil à l'intérieur. Il a lancé un bref signal, puis, après s'être posé sur une autre branche, il a attendu. Rien.

Il s'est attardé un moment de plus, la branche vacillant sous ses serres. Puis, déployant ses ailes, il est entré dans le tunnel. Quand il s'est posé, du gravier a crissé sous ses pattes. La même odeur lui titillait les narines. Il a regardé droit devant lui, le plus loin possible. Le boyau s'ouvrait, pareil à une immense bouche caverneuse. Dans la faible lueur, il voyait à peine plus loin que le bout de son bec. Après un moment d'hésitation, il s'est enfoncé dans le noir.

Le sentiment d'étrangeté qui nous habite quand nous sommes sous terre a de lointaines origines. En s'approchant, Kyp défiait sciemment un interdit. Là, il y avait des serpents et des belettes. Des coyotes et des renards creusaient leur tanière dans les flancs des collines. Pourtant, l'envie de poursuivre était plus forte que lui. Et tant pis pour la prudence !

Le sol était lisse et sec, à l'exception de l'infime rigole qui zigzaguait au milieu de la poussière et des débris.

Hésitant, Kyp s'avançait de sa curieuse démarche chaloupée. Tous les trois ou quatre pas, il s'arrêtait, tendait l'oreille, regardait autour de lui. Le moindre tapement, le moindre bruissement résonnaient. Soulevant le bec, il a reniflé. Il y avait dans l'air quelque chose d'insaisissable.

Un détail le préoccupait. Tous les cent ou deux cents pas, un petit boyau oblique perçait le plafond. Le tunnel était ainsi relié à l'extérieur. Ces trous laissaient passer un peu de lumière et parfois quelques bruits. Encouragé par ces ouvertures, Kyp a poursuivi.

Des galeries latérales partaient dans tous les sens. La rigole, en revanche, venait du passage qui remontait en s'incurvant vers la gauche. Kyp l'a suivi, passant d'une lueur aux ténèbres, puis de nouveau à la lumière. Au sortir d'un virage, il a remarqué un amoncellement de gravier. Au-dessus, il y avait une fissure éclatée, telle une cicatrice sombre dans la pierre. Par cette fracture s'écoulait une eau au parfum piquant. Kyp a enfin reconnu l'odeur. C'était celle du soufre ! Plongeant ses pattes dans le ruisseau, il a senti la chaleur de l'eau. Près du toit, la brèche s'élargissait. Juste assez pour laisser passer une corneille sans trop d'embonpoint. D'un bond, Kyp s'est hissé jusqu'au bord et s'est faufilé dans l'interstice.

Parfois, la réalité dépasse l'imagination la plus fertile, et de loin. Kyp s'était préparé à affronter des ténèbres épaisses, à lutter contre le sentiment de panique que provoque l'enfermement. De l'autre côté du tunnel, il a plutôt vu, dans la faible lueur filtrant par la fissure, le contour assombri d'une gigantesque caverne qui semblait s'étirer à l'infini. De grandes colonnes de pierre torsadées surgissaient de l'obscurité. Des becs rocheux luisants s'inclinaient vers le bas. Sur les parois et au plafond, des cristaux chatoyaient et scintillaient. Partout, de la vapeur et des ombres tourbillonnaient. C'était le spectacle le plus terrifiant, le plus grisant et le plus merveilleux que Kyp ait vu de sa vie. Il était écartelé entre le désir de s'enfuir au plus vite et celui de poursuivre son exploration.

Qui avait creusé cette grotte ? Pas les humains. De cela, au moins, il était certain. Les objets qu'ils façonnent sont rectilignes et de forme régulière. Ici, il n'y avait rien de tel. La caverne donnait l'impression de descendre, de s'entortiller, de tourner sur elle-même. Aux confins étroits succédaient de vastes chambres qui, ensuite, se fractionnaient en petits compartiments parfaitement égaux. À une certaine époque, sans doute la grotte était-elle traversée par une véritable rivière. C'est du moins ce que laissait croire sa grande taille. De longues années d'érosion avaient formé la caverne et lissé ses parois luisantes. Puis quelque chose avait changé. Le peu d'eau qui s'était accumulée dans des mares formait une petite rigole qui s'échappait par la fissure.

Kyp s'est accroupi, bec bé. En tournant sur lui-même, il examinait cet étrange monde de pierre, de vapeur et d'eau. Comme le dit le proverbe, cependant, il n'y a pas de trou sans blaireau. Celui-ci ne faisait pas exception à la règle.

Les mésanges, les alouettes et d'autres créatures du même acabit se nourrissent de belles paroles. Quant à nous, nous sommes perchés ici depuis assez longtemps. Il est tard et la nuit est à nos portes. Je suis glacé jusqu'aux os et j'ai le gosier sec. Étirez vos ailes, corneilles, et bavardez entre vous. Plusieurs ont constitué des réserves de nourriture. Mangez si vous pouvez. Veillez l'une sur l'autre et soyez prudentes. À notre retour, je poursuivrai.

Deuxième partie

Chapitre 15

Approchez-vous.

Approchez-vous, maintenant que vous êtes revenus. Il y a encore un peu de place, là, sur ces branches. À cette heure tardive, il vaut mieux que nous restions groupés.

Serrez-vous. Ouvrez vos yeux un instant. Profitez du clair de lune gracieusement offert par la Créatrice pour regarder autour de vous. Observez le cousin posé à côté de vous et comprenez ceci : tous les contacts, ne serait-ce que le bref moment au cours duquel vous partagerez un perchoir, sont précieux. Rien ne le prouve mieux que les terribles événements des derniers jours.

On dit, cousins, que c'est par le chant que la Créatrice a conçu le monde. Elle a psalmodié les paroles sacrées et la Corneille suprême est apparue. La Créatrice a poursuivi son chant : le ciel nocturne, les étoiles scintillantes et les premiers nuages duveteux ont émergé. Quand elle a enfin décidé de reposer sa voix, le monde tel qu'on le connaît, nid immense, était formé. Le récit est, à sa façon, une forme de Création. C'est par elle que nous, corneilles, nous définissons. Il est notre histoire, notre guide, notre conscience, le reflet que nous laissons au passage dans l'étang de l'éternité. C'est le tronc majestueux qui, en passant par la voûte du temps, parcourt notre arbre généalogique, des racines à la cime de toutes choses, où règnent la Corneille suprême et la Créatrice. Chaque histoire que nous écoutons ou que nous entendons donne vie à une autre branche du testament immense, millénaire et foisonnant de notre Famille. Permettez-moi donc de poursuivre mon récit. Il y a eu la migration le long du littoral, le procès et l'expulsion. Puis une voix a retenti :

— Veux-tu bien me dire ce que tu fais là ?

C'était Kym, et elle ne cherchait pas le moins du monde à cacher son irritation. En se posant à côté de Kyp, qui se remettait mal de sa surprise, elle avait les plumes du cou hérissées.

Sans succès, Kyp a feint l'insouciance.

— Je voulais juste voir ce qui se passait.

— Sais-tu ce que signife le mot « expulsion » ? a demandé Kym d'une voix sifflante.

Elle faisait de gros efforts pour ne pas hausser le ton.

— Te rends-tu compte du châtiment qui t'attend si un des membres de la Famille te prend en flagrant délit ?

— J'ai seulement pensé que…

— Tu seras banni. Exilé pour de bon. Rien à voir avec une expulsion de quelques jours. Pour le reste de ta vie. Et tu deviendras un paria dépenaillé comme les autres. C'est ce que tu cherches ?

— Personne ne le saura, a déclaré Kyp en s'enfonçant dans les broussailles.

— Je t'ai bien vu, moi.

— C'est différent.

— En quoi, je te prie ?

En signe de frustration, Kym a fait claquer son bec.

— Je n'ai pas les yeux plus perçants que les autres.

— Je voulais que tu me trouves.

Prise au dépourvu, Kym s'est arrêtée, le bec ouvert.

— Pourquoi, au nom de la Créatrice ? a-t-elle marmonné.

Kyp a gardé le silence pendant un moment.

— Je voulais me faire une idée, a-t-il bredouillé.

Kym a roulé les yeux avant de soupirer. Du ton lent et délibéré qu'on utilise pour s'adresser à un oisillon particulièrement têtu, elle a répondu :

— Qu'importe ce qui se passe ici, Kyp. Tu. Ne. Dois. Pas. Te. Montrer.

— Je suis au bout du rouleau. Vous êtes gentils de venir me rendre visite, Kuper et toi, mais je devrais être là, au rassemblement.

Kym l'a interrompu.

— C'est impossible. Il ne reste que deux ou trois jours à ton expulsion. Va-t'en, je t'en supplie.

Kyp a regardé du côté de la colline, dans l'espoir d'apercevoir l'Arbre du rassemblement et les tournois de vol. Il a haussé les épaules.

— D'accord. Avant, je voudrais te faire voir quelque chose.

— Tu veux rire ? Il ne faut pas qu'on me surprenne avec toi.

— Non, c'est... Ça ne prendra qu'un instant. J'ai trouvé un endroit que je tiens absolument à te montrer.

— Un endroit ? Où ça ?

— Suis-moi.

— Tu veux bien m'en dire un peu p…

Cette fois, c'est Kyp qui lui a coupé la parole.

— Ce serait trop long. Mieux vaut que tu m'accompagnes. Ce n'est pas loin. Allez, viens.

Ils ont volé en rase-mottes, frôlant les herbes et les arbustes, jusqu'à un petit ravin d'où soufflait de l'air frais. Kyp a continué de descendre.

En bas, sur la paroi sud, quelques broussailles poussaient. Derrière, il y avait une ombre.

Se posant à bonne distance du tunnel, Kym a rebondi à quelques reprises avant de s'arrêter. Elle a jeté un coup d'œil à la grotte, puis à Kyp.

— Et alors ?

— C'est un tunnel. Construit par des humains.

— Oui. Il leur arrive d'en aménager. Quoique…

Kyp et Kym se sont avancés. La roche lisse et grise était froide au toucher. Kym étudiait l'entrée. À l'intérieur, les ombres s'étiraient.

— … celui-ci me semble abandonné, a-t-elle ajouté. Ou peut-être inutilisé. Il a quelque chose de bizarre.

— Pourquoi creuser la terre, dans ce cas, et juste… laisser tomber ? Tu crois que quelqu'un a vécu là-dedans ?

— Je ne crois pas. C'est un vieux tunnel. Je ne détecte aucune odeur humaine. Et toi ?

— Non. C'est peut-être un nid déserté.

Kym a secoué la tête.

— Non. Les humains ne vivent pas dans des trucs comme ça.

— Il leur arrive d'habiter sous terre.

— Je sais. Ils fabriquent des cubes au-dessus du sol ou juste en dessous. Là, on dirait plutôt un long tuyau.

— À quoi sert-il, dans ce cas ?

— Je n'en suis pas certaine.

Ils sont restés assis pendant un moment à fixer l'entrée du tunnel troublant et mystérieux.

— Tu veux que je te dise ? a fini par demander Kyp.

— Quoi donc ?

— J'y suis entré.

— Ha ! ha ! Elle est bien bonne.

Kym s'est tournée vers lui pour s'assurer qu'il s'agissait bien d'une plaisanterie.

— Vraiment ?

— Même que je suis allé plutôt loin.

Kym a hoché la tête.

— Sous terre ?

— Euh… oui.

Elle a écarquillé les yeux.

— As-tu perdu la boule ? Ce n'est pas permis…

— Je sais, mais…

— … et en plus c'est dangereux, a-t-elle poursuivi. D'où l'interdiction. Toutes sortes d'animaux vivent dans ce genre de tube. Des serpents, des rats, des ratons laveurs.

— J'ai tendu l'oreille. C'est tranquille.

— Et alors ? C'est défendu, point à la ligne. D'ailleurs, tu es au courant. Si l'oncle Kork ou l'oncle Kyrk l'apprenaient… Tu es ou très brave, ou très stupide. Ou les deux…

Par petits bonds, Kyp s'est rapproché de l'entrée.

— Tu viens ?

Kym a poussé un grognement exaspéré.

— Tu es sourd ou quoi ? C'est interdit. Et non, je ne te suis pas. Je n'ai aucune envie de m'aventurer là-dedans. Absolument aucune. Tu passes donc ta vie à enfreindre les règles ? Sais-tu seulement ce que le mot « défendu » signifie ? Tu t'es purifié, au moins ?

— Bien sûr que oui.

— Il faut partir. Si on te voit, tu vas avoir de gros ennuis. Mieux vaut que l'on vole ensemble. Si quelqu'un regarde de ce côté, il verra seulement deux corneilles.

— C'est trop risqué pour toi, s'est insurgé Kyp.

— Je t'accompagne jusqu'au barrage des castors.

— D'accord.

Kyp a tourné le dos au tunnel.

— Je te croyais intéressée par les mœurs des humains.

— Je le suis. Merci quand même. On s'en va. Restons au ras des buissons. Si nous volons au-dessus de l'eau, on risque de nous voir.

Ils ont longé l'herbe jusqu'au tournant du fleuve. Puis, certains de ne pas être observés, ils ont rapidement traversé de l'autre côté.

Kyp s'est posé dans le grand saule qui dominait la vallée, aussitôt suivi par Kym.

— Pardon de t'avoir fait perdre ton temps, a dit Kyp. Je croyais que tu aurais envie de voir le tunnel.

— Je m'intéresse aux humains. Seulement, aller sous terre. Brrr… Non, merci.

Penchant la tête, Kym a corrigé l'alignement des plumes de ses ailes.

— C'était comment ? Tu as eu peur ?

— Un peu, a admis Kyp. Mais tous les cent bonds environ, les humains ont percé des

trous dans le plafond, puis ils les ont recou-
verts d'un lacis de pierres. Je me demande à
quoi ils servent. On ne peut pas y entrer à
cause des pierres. Par contre, ils laissent passer un peu de lumière. Et tu veux savoir ce
que j'ai vu de plus extraordinaire ? À mon
avis, ils n'y sont pour rien.

— Quoi donc ?

— Après un virage, en haut, près du
sommet d'une des galeries, il y a une fissure
de la largeur de deux corneilles. À l'intérieur…

— Tu es entré là-dedans ?

— Évidemment.

Kym l'a dévisagé.

— Je ne te comprends pas, a-t-elle dit
en secouant la tête. Il y avait de la lumière, de
l'autre côté ?

— Un peu. Un tout petit peu. C'est que…
Si tu voyais ce qu'il y a là… Les parois brillent.
Des branches de pierre tordues montent et
descendent. La roche est aussi lisse que de
l'eau, et on jurerait qu'elle flotte… La caverne
s'étire sur… sur… J'ignore jusqu'où elle va.
On n'arrive pas à imaginer la fin, tellement
c'est grand.

Kym écoutait d'une oreille attentive.

— C'est… remarquable. Tout de même,
tu veux un conseil ? À ton retour, ne te presse

pas d'en parler. Tu ne vas sûrement pas les impressionner… Pendant l'expulsion qui t'a été imposée pour avoir enfreint les règles, tu as passé ton temps à en enfreindre d'autres.

Kyp a réfléchi en silence pendant un moment.

— Il y a malgré tout un détail qui me tracasse.

— Lequel ?

— Pourquoi ?

— Pourquoi quoi ?

— Pourquoi les humains ont-ils creusé le tunnel ? La caverne en fait-elle partie ? Pendant qu'on y est, à quoi sert-il, le tunnel ? Pourquoi descend-il de la colline vers le fleuve ? Aucun humain n'habite là.

Kym pressait machinalement un bout d'écorce entre ses serres.

— La seule raison que je voie, c'est que ce… cette chose transporte l'eau de pluie.

Kyp a examiné l'hypothèse.

— Pour quoi faire ? S'il pleut à un endroit, il pleut à l'autre, non ?

— Pas nécessairement. Il y a parfois de petites averses. Que se passe-t-il si on a soif et qu'il n'y a pas d'eau là où on se trouve ?

— Il n'y a qu'à aller ailleurs.

— Oui, si on peut voler. Les humains en

sont incapables. Sur leurs membres inférieurs, ils mettent une éternité à franchir la distance la plus infime. Pour eux, il est donc sensé d'aménager un tunnel pour acheminer de l'eau.

— S'ils ont soif, il y a le fleuve en bas. D'ailleurs, les humains ne viennent pas boire dans le tunnel quand il pleut.

— C'est vrai. Ils ne s'y lavent pas non plus. Il y a peut-être trop d'eau à un endroit, et il faut qu'ils la déplacent. Ou encore il y a de l'eau dont ils ne veulent pas, une autre sorte d'eau. Ils s'en servent peut-être aussi à d'autres fins. Quand ils n'en ont plus besoin, ils rejettent en bas celle qui était en haut. Ou alors…

Kym a agité ses ailes.

— Tu vois ?

— Quoi ?

— C'est ça, les humains. Chaque fois qu'on pense les avoir percés à jour, qu'on croit les connaître, ils nous prennent par surprise et, paf ! Retour à la case départ.

Le claquement d'une brindille a rompu le silence. Se faufilant sous une branche, deux humains se dirigeaient vers la rive du lac. Kym les suivait des yeux.

— Regarde-les, a-t-elle dit.

C'étaient des humains banals, pareils aux autres : l'un grand et mince, l'autre trapu. Ils étaient tous deux enveloppés dans les peaux dont ils recouvrent leur corps.

— Ils sont comme un casse-tête, une énigme. Chaque fois qu'on se penche sur leur cas, on découvre quelque chose de nouveau. En ce qui me concerne, je peux les observer pendant des heures sans jamais me lasser.

Les humains se sont approchés, déambulant sans but. Ils grognaient de loin en loin, selon leur habitude.

— Écoute, a dit Kym.

Elle a répété les borborygmes produits par les humains. Ces derniers se sont arrêtés. Levant la tête, ils ont regardé en haut et en bas avant de se remettre en marche. Kym a recommencé son manège. Cette fois, ils ont fixé leur regard sur elle.

Elle les a de nouveau imités. Ils se sont immobilisés. Les sons, quelle que soit leur signification, produisaient un effet monstre.

Kyp s'est tourné vers elle.

— Je ne crois pas que ce soit une très bonne idée.

L'ignorant superbement, Kym a recommencé.

Les humains se sont approchés. La tête inclinée, ils fixaient Kym. L'un d'eux a laissé fuser une série complexe de claquements et de grognements. Kym a reproduit les sons. Les plumes de son cou et de son dos montaient et descendaient tour à tour.

— Kym, a sifflé Kyp. Et s'ils…

C'est alors que Kym a eu un geste extraordinaire. Glissant jusqu'au sol, elle s'est posée dans l'herbe devant les humains, à une vingtaine de corneilles de distance. Elle a poussé les mêmes cris. Ils l'ont imitée. Elle a recommencé.

Kyp avait les plumes du dos et des épaules hérissées. Les humains se sont accroupis. L'un d'eux a lancé un son, que Kym a répété. Ensuite, elle s'est tournée vers Kyp.

— Maintenant, écoute bien, lui a-t-elle dit. Bonjour, a-t-elle crié.

Les humains l'observaient avec intensité.

— Bonjour, a répété Kym.

Cette fois, le plus petit des deux humains a ouvert les lèvres et produit un son qui, pour peu qu'on se montre indulgent, aurait pu signifier « bonjour » dans la langue des corneilles.

Il a eu sur Kyp l'effet d'un coup de tonnerre. Il a baissé les yeux vers les humains, puis vers Kym.

— Est-ce que j'ai bien entendu ?

— Oui ! On peut apprendre aux humains à prononcer certains mots. J'y suis déjà arrivée.

Ils réussissent même à assimiler trois ou quatre bouts de phrase simples, à condition que je…

— Attention ! a crié Kyp en s'élançant.

Un des humains avait doucement ôté la peau lisse et ample qu'il avait drapée sur son corps et, sans crier gare, l'avait lancée vers Kym, dans l'intention de la capturer. Grâce à l'avertissement de Kyp, elle avait tout juste eu le temps de s'esquiver.

L'instant d'après, les humains s'étaient rués sur Kym en brandissant leurs longs membres supérieurs. Kyp est passé en coup de vent au-dessus de leurs têtes et ils ont agité leurs serres pour l'éloigner. Évitant leurs membres qui décrivaient des moulinets, Kyp a arraché un poil du crâne du plus gros. Un cri a jailli de sa gueule béante. Kyp et Kym ont trouvé refuge dans un pin des environs. En volant, Kym a laissé échapper un autre mot humain, à l'évidence investi d'un certain pouvoir. Les humains, en effet, ont mis fin à leur poursuite, médusés.

— Quand je pense, a dit Kyp en se posant sur une branche large et longue à la base du pin, que c'est moi qui passe pour un écervelé !

— C'est justement le problème avec les humains, a répondu Kym, haletante. On ne sait jamais. Comment ils vont réagir. Jusqu'au dernier instant. Parfois, ils vous jettent de la nourriture. D'autres fois, ils essaient de vous attraper. Ils sont imprévisibles. Totalement imprévisibles.

À l'entendre, on aurait pu croire qu'il s'agissait d'une qualité.

— Tu as donc déjà joué à ce petit jeu ?

Kym a simplement hoché la tête en essayant de reprendre son souffle.

— Souvent.

— Un de ces quatre, ils vont t'avoir.

— Non. Ils ne sont pas assez rapides, a-t-elle riposté sur un ton nonchalant.

Elle est aussitôt passée à un sujet plus passionnant.

— Tu veux que je te dise ? Je suis arrivée à leur faire répéter quinze, voire seize mots.

Kyp examinait Kym d'un œil soupçonneux. Elle n'avait pas l'air de se vanter. L'idée que des humains arrivent à maîtriser une pleine becquée de mots lui semblait toutefois absurde.

— Vraiment ?

Kyp a regardé du côté des humains qui, après avoir ramassé leurs affaires, s'éloignaient pesamment. Ils avaient l'air tellement lents d'esprit, tellement patauds.

— Tu ne crois quand même pas qu'ils y comprennent quelque chose?

Kym a gardé le silence pendant un moment.

— Je ne sais pas. Parfois, j'ai l'impression que oui.

— Je peux te poser une question?

— Oui.

— C'est personnel.

— Je suis là, non? Je te parle alors que je ne devrais pas. Tout ce que nous disons est personnel.

Kyp a regardé Kym droit dans les yeux.

— Que penses-tu de Kuper?

Kym avait sur le visage une expression impénétrable.

— Pourquoi?

— Parce que, a répondu Kyp, il m'a demandé de te poser la question. L'autre jour, après ton départ.

— Kuper? Il est gentil, a-t-elle affirmé calmement. Il m'a plutôt l'air du genre solitaire. Pourquoi?

— Il est amoureux de toi.

Kym a grogné.

— Jamais de la vie.

— Si, pourtant.

— Pourquoi ne se déclare-t-il pas lui-même, dans ce cas?

— Il croit…

Kyp s'est plongé dans l'étude de la branche.

— Il croit que je trouverai les mots qui lui manquent. Je ne sais pas.

— Eh bien, a-t-elle poursuivi après un instant d'hésitation, tu en es peut-être capable.

Kyp a dévisagé Kym.

— Pardon ?

— Il est temps que je m'en aille, a-t-elle répondu brusquement en s'envolant. J'ai promis à ma tante de garder son petit.

— Qu'est-ce que tu as voulu dire ? a lancé Kyp.

Kym, déjà, volait au-dessus du fleuve. Tandis qu'elle s'éloignait, Kyp a senti une autre présence. Après s'être détachée d'un arbre, loin dans la vallée, une silhouette solitaire est venue se poser sur la branche du pin.

— Kuper ?

Kyp contemplait le gros oiseau d'un air surpris.

— Pourquoi ne nous as-tu pas rejoints ?

— J'ai trouvé à manger. Ça te tente ? a proposé Kuper.

Il a déposé une carcasse d'écureuil.

— Alors ? Tu as parlé de moi à Kym ? a-t-il ajouté en prenant une becquée de chair.

— Oui.

— Qu'est-ce qu'elle a dit ?

— Qu'elle t'aime bien.

Kuper donnait l'impression de s'intéresser à deux canards qui, après une descente en piqué, s'étaient posés sur l'étang au milieu d'éclaboussures.

— C'est tout ? Quoi d'autre ?

— Pas grand-chose. Nous n'avons pas eu beaucoup de temps.

Kuper s'est tourné vers Kyp.

— Tu veux bien lui donner quelque chose la prochaine fois que tu la verras ?

— Quoi donc ?

— Un cadeau que j'aimerais lui…

— Offre-le-lui toi-même.

— Tu accepterais de… t'en charger pour moi ?

— Je ne…

— C'est toi qui dois lui parler. Dis-lui que je pense à elle. Remets-lui le cadeau. D'accord ?

La grosse corneille dévisageait Kyp d'un air grave.

— Si tu es incapable de lui adresser la parole…

Kyp a secoué la tête.

— … et que tu n'arrives pas à lui donner un cadeau, à quoi bon ?

— Je ne suis pas doué pour ce genre de choses.

— Qu'est-ce qui te fait croire que je le suis, moi ?

— Je t'ai observé. Tu es à l'aise dans la volée. Tu sais parler aux autres. Moi, j'ai été seul pendant trop longtemps.

— Tu n'oublierais pas un petit détail, par hasard ? On m'a expulsé.

— Ah oui, bien sûr.

Kuper a haussé les épaules d'un air désinvolte.

— Les vieux se sont simplement servis de toi pour impressionner les jeunes. Tu t'en remettras en un rien de temps... et ta popularité sera plus grande que jamais. Si tu arrivais à me présenter à elle... sous un jour différent... Si tu réussissais à briser la glace entre nous, après, tout irait bien. Je lui parlerais si je savais... qu'elle a envie de me parler. Tu comprends ?

— Euh, a répondu Kyp, dubitatif, pas vraiment. Tu veux la courtiser, non ?

— Non, a répliqué Kuper sur un ton neutre en déchirant un autre lambeau de chair. Je veux que tu la courtises pour moi.

— C'est de la folie ! Il faut que ça vienne de toi !

— Crois-en ma vieille expérience, a déclaré sèchement la grande corneille. Il est nettement préférable que tu t'en occupes. Regarde-moi.

Kuper a ouvert les ailes. La tête penchée, Kyp l'a examiné avec soin.

— Tu as l'air…

— Je suis un balourd. J'ai presque toujours vécu seul. Je ne sais pas me comporter en société. Je ne trouverais jamais les mots. Je me couvrirais de ridicule. Je resterais planté là, mon cadeau entre les serres, le bec ouvert, au milieu d'un nuage de mouches. Je me sentirais beaucoup mieux si tu t'en chargeais, toi.

Détachant un bout de viande avec ses griffes, il s'est penché pour le mettre dans son bec.

— Je l'ai vue approcher les humains.

Kyp a hoché la tête d'un air admiratif.

— C'était courageux.

— Oui.

Kuper a lancé un petit bout de chair dans les airs et l'a attrapé au vol.

— Et stupide.

— Elle prétend qu'ils arrivent à répéter certains de nos mots. Jusqu'à seize. Tu te rends compte ?

— Je n'ai aucun mal à le croire. Pourquoi

pas ? Les humains ont beau n'avoir l'air de rien, ils ne sont pas bêtes. Ils ont découvert le moyen de nager et de creuser. Même celui de voler. Il n'y a pas grand-chose dont ils soient incapables.

Il a avalé un morceau de viande.

— Les vieux ont raison à propos d'une chose. Les humains sont indignes de confiance.

— Tu te préoccupes trop d'eux.

— Et toi, tu ne t'en préoccupes pas assez.

Kuper avait effectivement l'air plus grave qu'à son habitude.

— Ne te fie jamais à eux ni à rien qui les concerne, tu m'entends ?

Il a fixé Kyp avant de recommencer à manger.

— C'est pour ton bien. Répète-toi cette phrase et tu finiras peut-être par t'en souvenir. Et par survivre. Rejoue-la-toi le soir avant de t'endormir.

Kuper a prélevé un autre bout de chair sur la carcasse.

— Moi, je n'y manque jamais.

Il a picoré sa nourriture en silence pendant un moment avant de poursuivre.

— Les corneilles de ma nichée et mes cousins ont commis cette erreur. Ils ont fait confiance aux humains. Nous vivions dans un bosquet de vieux chênes à proximité d'un long champ de maïs. Nous y revenions chaque année. C'est du moins ce qu'on m'a raconté. À l'époque, je n'étais encore qu'un oisillon. Il y avait du maïs en abondance, pour les humains et pour les corneilles. Près du champ, il y avait huit d'entre eux au grand maximum, et le maïs s'étendait loin, très loin, jusqu'à l'horizon. Et même au-delà. Du moins, c'est le souvenir que j'en ai gardé. J'étais jeune. À la tombée du jour, j'éprouvais mes ailes. Je volais jusqu'à l'épuisement, puis je me posais et je me gavais. Je volais et je mangeais, et ainsi de suite. Pour une jeune corneille, c'était la vie rêvée.

« Un soir, peu après le dernier sixième, j'étais seul à m'être absenté du nid. C'était le calme plat, si on excepte le bourdonnement des moustiques et le coassement des grenouilles. Soudain, j'ai entendu un bruit de tonnerre. J'ai levé les yeux pour déterminer à quelle distance frappait l'orage. À la place, j'ai eu cette... je ne sais trop comment dire... cette vision. Ce n'était pas le tonnerre, tu comprends, ou alors il frappait au ras du sol. Des éclairs surgissaient entre les arbres. Ceux-ci n'étaient pas touchés. Ils ne volaient pas en éclats, ils n'étaient pas incendiés, ils ne se volatilisaient pas. Mes cousins, mon père, ma mère, mes sœurs, eux, tombaient du ciel. Comme des fruits mûrs.

«Et c'est là que je les ai vus, eux. Les humains. Accroupis ou à plat ventre. Cachés dans les broussailles. De la fumée s'échappait du bout de leurs engins de mort. Chaque fois que de la fumée montait, il y avait un coup de tonnerre, et une autre corneille chutait. Les humains s'étaient glissés dans les roseaux, aussi silencieux que le brouillard. Je me suis dirigé vers les arbres. Là, j'ai appelé, appelé encore. Le tonnerre roulait de plus belle, et les membres de ma famille continuaient de dégringoler.

«Mon grand-père m'a aperçu et m'a ordonné d'aller me cacher parmi les quenouilles d'un ruisseau voisin. Nous étions dans la boue épaisse et gluante, au milieu des racines. Pan! Pan! Pan! Les engins de mort se relayaient. C'était un horrible vacarme. Les corneilles s'égosillaient. Elles lançaient des avertissements, des cris de douleur, des S.O.S.

«J'ai eu l'impression de vivre un cauchemar long et pénible. À la fin, le carnage s'est arrêté et le calme est revenu... même dans ma tête. Nous n'avons pas quitté la fange. J'ignore combien de temps nous sommes restés là. Une éternité, m'a-t-il semblé.

« J'aurais tant voulu intervenir, tenter quelque chose. Quoi, au juste ? Cette question, je me la suis souvent posée. Qu'aurais-je pu faire ? »

Kuper a arraché un grand bout de la carcasse et l'a jeté par terre.

— Mon grand-père avait une longue déchirure à la gorge. Il a sifflé et saigné dans la vase, et il est mort pendant mon sommeil. Quand je me suis réveillé, son esprit était déjà monté auprès de la Créatrice. J'étais seul au monde, le dernier de notre lignée. Cette nuit-là, les humains ont exterminé tous ceux de ma nichée. J'ai parcouru les chênes, là où je les avais vus pour la dernière fois. Il n'y avait plus que des plumes et du sang séché. Les humains avaient pris le reste : les corps, les os et les becs.

« Je me suis senti rejeté, abandonné. Je n'étais plus rien. Ce jour-là, j'ai laissé le vent m'emporter. Il m'a entraîné au-delà des océans, vers des contrées dont je ne connais même pas le nom. J'ai erré un peu partout et je peux affirmer ceci : partout, les uns dévorent les autres. Les humains, eux, sont les seuls qui mangeraient le monde entier s'ils le pouvaient. Tant qu'ils n'auront pas écrasé et gobé l'ensemble des arbres, des graines, des brins d'herbe, des oiseaux, des insectes et des animaux, ils auront le ventre creux. Je te transmets la leçon que j'ai apprise, ce soir-là, et que le vent m'a répétée pendant que je m'éloignais : on ne gagne rien à se le cacher. Jamais plus je ne m'y résignerai.»

Kuper a déposé la carcasse au pied de Kyp.

— Donne ça à Kym quand elle reviendra. Demande-lui si elle accepte mon cadeau. Si oui, dis-lui que j'aimerais qu'elle devienne ma compagne.

— Tu ne crois pas que tu devrais d'abord lui parler ?

— Contente-toi de lui poser la question, veux-tu ? a lancé Kuper par-dessus son épaule en prenant son élan.

Ses grosses ailes noires, animées de battements lents et puissants, fouettaient l'air. Il était seul, comme toujours.

Cet après-midi-là, les nuages ont roulé. La pluie a débuté peu de temps après.

Chapitre 16

Aux yeux d'un oisillon, le vent n'est jamais que le vent. En vieillissant, on se rend toutefois compte que c'est plus compliqué. Il peut être un ami. Un parent. Ou un ennemi. Quand il est un ami, jouez avec lui. Quand il est un parent, tirez-en des leçons. Quand il est votre ennemi, mettez-vous vite à l'abri.

Les nuages, bas, lourds et sombres, traversaient le ciel au galop. Au bord de l'étang aux castors, tassé au creux d'une épinette fournie, Kyp tentait de se garder au chaud. D'autres créatures s'abritaient à leur façon : le castor dans son antre, la souris dans son trou. Çà et là, une corneille se posait dans un champ et cueillait les vers qui remontaient vers la surface. La plupart d'entre nous restions toutefois dans l'Arbre, près du tronc, la tête rentrée dans les épaules, la pluie ruisselant sur notre dos et sur les plumes de notre queue.

La tempête a soufflé tout l'après-midi. Sous la force du vent, l'Arbre du rassemblement ployait, frissonnait. De but en blanc, la rafale a changé de direction : venue du nord, désormais, elle a gagné en intensité. Dans les branches, on sentait les corneilles tourner la tête et tendre l'oreille, inquiètes.

Peu après le coucher du soleil, la pluie s'est transformée en neige. Bientôt, elle formait un rideau blanc, vaste et impénétrable. Au crépuscule, elle a commencé à s'accumuler au sol ; à minuit, il y en avait, sur les branches, à hauteur de corneille.

Les blizzards du printemps sont les pires. Au plus fort de l'hiver, la neige est froide, sèche et légère, et les flocons ont la finesse des plumes d'oisillons. Au printemps, en revanche, les nuages sont chargés d'humidité, et elle est mouillée. Parce que les feuilles sont sorties, les arbres retiennent le poids des flocons. Cette nuit-là, on les entendait gémir et craquer sous cette masse lourde et humide.

La température a chuté, puis elle a chuté encore. C'est par l'inconfort qu'il provoque qu'on mesure le mieux le froid. Celui-ci nous cuisait les poumons. Les pointes de nos ailes brûlaient comme au contact d'une flamme. Dans l'ombre, nous nous serrions les uns contre les autres, chacun accroché à une branche par ses serres engourdies, sous les assauts de la neige balayée par le vent.

Nous avions compris que la tempête devenait dangereuse. Je ne me souvenais pas d'une intempérie aussi soudaine, aussi furieuse. En pensée, je cherchais un endroit où nous serions mieux abrités. L'obscurité et la neige nous avaient pris de court. Nous, corneilles, nous enorgueillissons de notre capacité de nous moquer des ennuis. Les soirées de grand froid, vous nous trouverez en train de nous raconter des histoires. Il vous faut une preuve de notre angoisse ? Ce soir-là, dans l'Arbre que le vent assaillait, on n'entendait aucun récit.

Sur la branche voisine, Kym a frissonné. D'un air morose, elle contemplait le paysage sinistre, agité.

— Vous voulez que je vous dise ?

— Quoi donc, ma nièce ?

— Je déteste la neige. Qu'y a-t-il à aimer ? Elle est froide, mouillée. Je sais que la Créatrice a ses raisons. Seulement, ne s'agit-il pas, dans ce cas-ci, d'une légère distraction de sa part ? Et la nuit ? Pourquoi l'avoir créée ? Elle est sombre, glacée. On ne voit que du noir… C'est effrayant. Ce serait bien, vous ne croyez pas, si nous étions d'une autre couleur ? Si nous tranchions sur le noir, au lieu d'y ajouter ?

Je n'ai pu m'empêcher de rire. Là, tandis que j'examinais la mine lugubre de Kym, j'ai songé qu'elle me rappelait ma femme dans ses jeunes années. Karla ne prisait ni l'hiver, ni la neige, ni le froid. Rien ne la rendait plus heureuse que de descendre vers le sud, le long du littoral.

— Kymmy, Kymmy, ai-je dit en secouant ma queue pour la débarrasser de la neige. Je ne suis pas d'accord. Qu'y a-t-il de plus beau qu'un manteau lustré de plumes noires ? Qu'y a-t-il de plus élégant que le noir ? Dans ce monde, ce qu'il y a de mystérieux et de beau est toujours noir : le sol riche et sombre, où pullulent les bestioles et les plantes délicieuses ; le centre de l'œil, où l'âme réside. Les idées, avant qu'elles deviennent des idées, se forment dans les ferments chauds et noirs de notre imagination.

En clignant des yeux, je me suis perdu dans la contemplation de la tempête qui, au-delà de la protection offerte par les branches, soufflait encore.

— Les colibris sont jolis, je te le concède, et les chardonnerets jaunes ont l'air d'étoiles tombées du ciel. Seulement, ma nièce, le noir est la couleur de prédilection de la Créatrice. Depuis les temps immémoriaux, elle s'en sert pour nous vêtir, et c'est aussi le point de départ de toutes choses.

Kym s'est tortillée de manière à faire tomber la neige accumulée sur sa queue.

— À vous entendre, mon oncle, on croirait presque que c'est beau. Je n'arrive pourtant pas à m'en convaincre.

Dans l'Arbre qui tremblait sous les assauts de la neige, nous sommes restés là, ensemble, à moitié gelés, tapis dans le noir, à observer la tempête, l'air morne. Le vent menaçait de nous emporter. Après une rafale particulièrement violente, Kymmy, de sa voix douce, a demandé :

— Parlez-moi du commencement du monde, mon oncle.

J'ai resserré mes plumes autour de mon corps.

— Ah ! Le commencement du monde… Avant le Soleil, la Terre et les étoiles, le ciel nocturne, tout noir, s'étendait à l'infini. Au centre trônait la Créatrice, et elle était seule. En chantant, elle nous a façonnés à partir du noir, de l'air et de ses rêves. C'est ainsi qu'est née la Corneille suprême. La Créatrice et elle ont parcouru ce vide immense, se devançant l'une l'autre. Elles ont plongé en piqué et dégringolé sans crainte. La Créatrice a ri. Les vibrations du rire originel, ou Hanana, résonnent encore en nous. Quand nous volons et que nous nous sentons heureux sans raison ou que, à peine à l'abri au creux d'une branche, nous sentons la fatigue glisser sur nous comme l'eau sur des plumes, on dit que les échos du Hanana nous effleurent.

« Au bout d'un certain temps, la Corneille suprême et la Créatrice, lasses de leurs errances, ont eu besoin d'un endroit où se poser. La Créatrice a donc chanté de nouveau. Elle a chanté des étoiles pour la guider, de la lumière pour l'éclairer. Elle a aussi chanté le premier nid. C'est ainsi qu'est née la Terre. Plus tard, la Créatrice y a déposé une multitude d'œufs, desquels est sortie la multitude des vivants. De cette façon, chacun a lieu d'être fier. En effet, nous descendons de la Créatrice, qui que nous soyons. La Corneille suprême, cependant, a précédé les autres. Par son entremise, nous avons donc été les premiers compagnons de la Créatrice.

Soudain, la branche a ployé sous le poids d'un oiseau. En levant les yeux, j'ai vu Kyp qui, en s'efforçant de garder l'équilibre, secouait la neige qui lui couvrait la tête.

— Qu'est-ce que tu fais ici, toi ? lui ai-je demandé à voix basse. Il t'est défendu de revenir.

— Je veux juste…

— C'est défendu, tu m'entends ?

J'ai regardé autour de moi pour voir si d'autres avaient remarqué sa présence.

— Tu risques d'être banni. Ton nom sera alors rayé des registres de la Famille. Désobéir à un ordre direct est impardonnable. Va-t'en. Abrite-toi sur la paroi d'une falaise. Enfin, débrouille-toi. Ne viens pas demander l'aide de la Famille avant…

— Je n'ai pas besoin d'aide, a-t-il répondu. Je suis revenu pour guider la Famille vers un refuge sûr.

Il m'a coupé net dans mon élan.

— De quoi parles-tu ?

À ce moment précis, deux silhouettes se sont posées sur la branche, qui s'est inclinée davantage. Kyrk et Ketch, les plumes hérissées, semblaient deux fois plus gros que d'habitude. S'il y avait eu un peu de lumière et que les autres n'avaient pas été uniquement préoccupés par leur survie, la seule apparence de ces deux-là aurait suffi à la formation d'une bande.

— Qu'est-ce qu'il fabrique ici, celui-là ?
a aboyé Ketch, mêlant sa voix au rugissement
du vent.

— Qui lui a donné la permission de ren-
trer ? a grogné Kyrk.

J'ai désigné Kyp d'un mouvement de la
tête.

— Il dit qu'il est là pour nous aider.

— Comment ça ? a explosé Ketch. Je
vais lui en donner de l'aide, moi ! Ce sera la
dernière fois qu'il...

J'ai coupé court à son coup de gueule.

— Il connaît un endroit où nous serons
en sécurité.

— Foutaise ! s'est écrié Kyrk. Comment
pourrait-il y avoir un nid dont nous ne savons
rien ? Nous nous rassemblons ici depuis des
années.

— Que l'on convoque la Famille ! a ordonné Ketch. J'exige un jugement !

— Tais-toi donc, imbécile, a lancé Kyrk
d'un ton méprisant. Nous sommes au beau
milieu d'une tempête.

Comme pour se rappeler à notre bon
souvenir, le vent a soudain balayé l'Arbre. La
moindre branche a été secouée. Au-dessus de
nos têtes, l'une d'elles a frissonné, puis elle s'est
fendue en craquant bruyamment, au milieu

d'un tourbillon de neige, de feuilles et de bouts d'écorce. Les corneilles qui y étaient perchées se sont envolées en poussant des croassements de frayeur.

Ignorant les autres, Kyp s'est adressé à moi :

— Il faut y aller ! Nous n'avons pas un instant à perdre.

Kyrk a foudroyé Kyp du regard. Puis il s'est tourné vers moi.

— Que propose-t-il ? m'a-t-il demandé.

— À mon avis, a dit Ketch, il n'y a qu'une seule solution possible. Je parie, a-t-il ajouté en s'adressant à Kyp, qu'il est rentré pour en profiter.

La déclaration m'a pris au dépourvu. De quoi Ketch parlait-il ?

— De quelle solution s'agit-il, au juste ?

— Ne pas bouger. Attendre la fin de la tempête. Si elle s'aggrave, former un essaim.

— Un essaim ? a répété Kyp. Tu veux rire ?

On n'a recours à cet expédient que dans les conditions météorologiques les plus extrêmes. Les corneilles se serrent les unes contre les autres et comptent sur les corps ainsi réunis pour produire de la chaleur. Former un essaim, c'est admettre que certaines ne vont pas s'en tirer. J'avais jusque-là évité d'y penser, prié pour que le temps se calme.

— Ce n'est pas une bonne solution, mon oncle, a lancé Kyp. On peut protéger les jeunes pendant un moment en les regroupant au centre, mais qu'arrivera-t-il aux vieillards ? Combien de temps tiendront-ils le coup sur les côtés ? Si la tempête continue de s'aggraver, un essaim risque de condamner la plupart d'entre nous. Non, il faut partir !

— Pour aller où ?

Sous la pression du mauvais temps, je commençais à m'impatienter.

— Tu crois donc que je ne me suis pas posé la question ? J'ai passé en revue tous nos voyages et nos rassemblements. Si mes souvenirs sont exacts, il n'y a pas de meilleur abri pour les Kinaar à moins d'un jour de vol.

— Je connais un endroit, a dit Kyp après un moment d'hésitation.

— Au nom de quoi connaîtrais-tu un lieu qui ne nous soit pas déjà familier ? a demandé Kyrk en rejetant l'idée d'un claquement d'aile.

Kyp s'est tourné vers moi, puis vers Kyrk.

— Parce que c'est sous terre.

L'idée était si saugrenue que, dans un premier temps, Kyrk et Ketch ont semblé ne pas comprendre. Kyrk a examiné Kyp en plissant les yeux. Ensuite, il s'est secoué.

— Sous terre ? a-t-il aboyé. En dessous, tu veux dire ?

Kyp a hoché la tête.

— Serais-tu donc devenu fou ?

— C'est défendu, a ajouté Ketch. Les corneilles ne peuvent pas vivre sous terre.

— C'est un nid vaste et relativement sec, et…

— On s'en moque, a glapi Ketch. C'est interdit et c'est dangereux. Qui sait quelles créatures se cachent là-dessous ?

— C'est sécuritaire. Plus qu'ici, a poursuivi Kyp en regardant les corneilles agglutinées près du tronc. Plus chaud, aussi.

— Comment peux-tu en être si sûr ?

— Parce que j'y suis descendu. Je sais de quoi je parle.

La déclaration nous a cloué le bec. Kyrk s'est ressaisi le premier.

— Ridicule ! s'est-il écrié d'un air méprisant. Il ment. Même lui n'oserait pas enfreindre un commandement pendant qu'il est disgracié.

— J'y suis allé, a insisté Kyp. J'ai vu l'endroit. Je sais que c'est défendu…

— Tu savais que c'était défendu ? a bafouillé Ketch.

— ... mais c'est la meilleure solution, a ajouté Kyp sans se laisser démonter. C'est un lieu abrité, chaud et assez vaste pour accueillir la Famille au grand complet. Nous n'avons pas le choix. Dans quelques minutes, il sera trop tard. Certains vieillards et la plupart des jeunes n'auront plus la force de se déplacer. L'endroit dont je parle est à l'abri du vent et de la neige. Il y a même une source d'eau chaude.

Une autre branche a cédé. Des corneilles se sont envolées à gauche et à droite.

— Vous voyez? Il faut réagir.

Derrière moi, une toux sifflante a crépité. En me retournant, j'ai vu Kork, les nerfs de son corps émacié tendus contre le vent.

— Je vous ai écoutés, a-t-il déclaré avant d'être secoué par une nouvelle quinte de toux. Pour une fois, je suis d'accord avec le jeunot. Il faut s'en aller d'ici.

Balayant des yeux l'obscurité, il a humé le vent.

— C'est une tempête d'une force inouïe. Malgré sa violence, elle gagne encore en vigueur. Le pire est à venir.

Du regard, il a parcouru le reste de la volée. Certains jeunes avaient du mal à se tenir droits.

— Si nous restons ici et que nous formons un essaim, la moitié de la Famille au moins ira rejoindre la Créatrice.

Kork s'est alors tourné vers Kyp.

— Pas question cependant que les miens et moi descendions sous terre.

— Mais… a risqué Kyp.

— Silence. Inutile d'en parler. Mieux vaut préserver ton souffle. C'est interdit. Affaire classée. Même si c'était permis, personne de mon clan ne poserait la patte sous terre. Les Kemna ne se sont jamais abaissés à ce point. Nous n'allons pas commencer aujourd'hui. Au sud-est, il y a un nid humain long et étroit. En haut, il n'y a personne. Que de grosses pièces de bois qui s'entrecroisent, un peu comme un perchoir. On y voit deux de ces gros objets résonnants que les humains prennent plaisir à agiter. Ils font un vacarme terrible. Si la Famille cherche un refuge, celui-là pourrait convenir.

Je me souvenais vaguement du lieu en question. Des pigeons y élisaient domicile. Il était presque hors de portée.

— Je crois connaître l'endroit dont tu parles.

J'essayais de me souvenir de sa taille exacte.

— C'est grand?

— Pas assez pour tout le monde. Nous pourrions nous y caser à cent, pas beaucoup plus. Les Kemna et quelques douzaines d'autres. Nous y serons à l'étroit. Remarquez, dans les circonstances, ça vaut mieux.

— Tu proposes donc de diviser la volée ?

Kork a acquiescé en me dévisageant, les yeux plissés.

— J'ai choisi pour mon clan. Quant aux autres, ils n'ont qu'à suivre celui-là, a-t-il précisé en désignant Kyp d'un geste empreint de mépris. Décide-toi maintenant. Je ne partirai pas sans ton accord. Si tu préfères courir ta chance et former un essaim, je ne m'y opposerai pas. Une bonne partie des Kinaar risque d'y rester. Si c'est le prix à payer, tant pis. Les miens et moi n'allons toutefois pas rompre le lien qui nous unit à la Créatrice.

De la neige s'accumulait sur nos paupières et aux coins de nos yeux. J'ai cligné dans l'espoir de m'éclaircir l'esprit. Les choix me semblaient tous mauvais.

Kyrk s'est penché vers moi.

— Si nous ne réagissons pas bientôt, il n'y aura plus de Famille à diviser.

D'un air impatient, il a secoué la tête pour la débarrasser de la neige. Elle a aussitôt recommencé à y revenir.

Je réfléchissais le plus vite possible. Si elle se séparait, la Famille ne se réunirait peut-être plus jamais. Trop de conflits couvaient déjà sous la cendre. Une telle éventualité se traduirait peut-être par une rupture plus officielle. À supposer que nous survivions, il s'en trouverait pour dire que nous avions tranché entre le respect et la transgression des anciennes règles. Je pouvais ordonner aux Kinaar de demeurer groupés autour de l'Arbre du rassemblement et, du même souffle, les condamner ou, au contraire, autoriser la séparation, qui risquait de durer toujours. À quoi bon préserver l'unité de la Famille si c'était pour la vouer à une lente agonie ? D'un autre côté, comment diviser la Famille et, une fois la tempête terminée, affronter mes ancêtres ?

— Entendu, ai-je fini par dire. Les Kinaar formeront deux groupes, l'un commandé par Kork, l'autre par Kyp.

Kyrk a compris mieux que quiconque les conséquences d'une telle décision.

— Es-tu sûr ? a-t-il demandé.

— Oui.

— Avec qui irez-vous, mon oncle ? a demandé Kyp.

— Voici comment nous allons procéder, ai-je répondu. Je vais accompagner Kork pour m'assurer qu'il est bien arrivé à destination et...

— Mais, mon oncle...

— ... ensuite, ai-je poursuivi, j'irai vous rejoindre.

Kyrk m'a foudroyé du regard.

— Ridicule !

— Deux vols ? a protesté Kyp. Par ce temps ? Vous ne réussirez jamais à faire l'aller-retour.

— Pour une fois, il a raison, a admis Kyrk. C'est impossible.

— Je suis l'Élu, ai-je crié. J'ai une responsabilité envers la Famille. La Famille au grand complet. Kyrk, tu suivras Kyp et tu le remplaceras au besoin.

— Moi ? s'est exclamé Kyrk en me lançant un regard mauvais. Le remplacer, lui ?

— Oui, toi, ai-je répondu sur un ton sans appel. Pour t'acquitter de tes obligations envers la Famille, bien entendu, et non envers Kyp.

— Me prendrais-tu pour un oisillon de la dernière pluie, par hasard ? s'est-il écrié, le regard noir.

Je me suis dressé devant lui de toute ma hauteur.

— Non, monsieur. Je te prends pour un aîné, l'un de nos aînés les plus respectés, par-dessus le marché. Quelqu'un qui comprend les responsabilités dévolues à son rang. Tu refuses ?

Kyrk a hésité un moment.

— Bon, c'est d'accord, a-t-il répondu lentement. Je ferai ce que tu demandes.

— Bien, ai-je conclu en poussant un soupir. Dans ce cas, préparez-vous à vous mettre en route.

«Que la Créatrice me protège», ai-je songé. C'était toutefois la seule solution que je voyais. Si je parvenais à servir de trait d'union entre les deux groupes, peut-être, le beau temps revenu, y aurait-il moyen de réparer les pots cassés.

— Passez le mot ! ai-je hurlé dans l'espoir d'être entendu, malgré le craquement d'une branche. Que les clans se préparent ! Il n'y a pas un instant à perdre !

Kyrk a regardé autour de lui : la tempête, la Famille et enfin Kyp.

— Attends, a-t-il ordonné. Écoute-moi. Dis-leur que tu vas les conduire en lieu sûr. Ordonne-leur de se tenir prêts. Mais, de grâce, ne précise pas qu'il s'agit d'un nid souterrain.

Kyp a voulu intervenir.

— Pas un mot, a insisté Kyrk. Une fois sur place, ils entreront, même si c'est à contre-cœur. Par contre, si tu révèles la destination maintenant, tu ne réussiras pas à convaincre les plus âgés.

Kyp a levé les yeux vers moi. J'ai signifié mon accord d'un geste de la tête.

— C'est bon, a lancé Kyp.

— Donne-moi les indications, lui ai-je ensuite ordonné. Il faut d'abord que je m'assure que Kork et les autres sont bel et bien arrivés.

— Pourquoi, mon oncle ?

— Parce que je suis l'Élu, ai-je soupiré, et que, quoi qu'il advienne, c'est à moi de veiller à ce que chacun s'en tire.

Il m'a regardé après avoir chassé la neige de son bec. L'inquiétude se lisait dans son regard.

— Tu n'as rien à craindre, mon neveu. Je trouverai mon chemin.

La nouvelle, d'une corneille à l'autre, d'un bec à l'autre, avait parcouru l'ensemble de l'Arbre. Les clans se sont rassemblés. Chaque unité avait ses gardes, ses sentinelles et ses éclaireurs.

Les Kinaar se séparaient pour la première fois. Dans mon souvenir, jamais encore le mauvais temps ne nous avait contraints à renoncer à la sécurité de l'Arbre du rassemblement. Cette pensée me brisait le cœur. Kym est venue se poser près de moi.

— Tout le monde est prêt, mon oncle, a-t-elle murmuré.

— Parfait. Kyp termine de m'indiquer le chemin et nous partons.

Kym s'est approchée de Kyp.

— C'est Kork qui guide les Kemna. Si j'ai bien compris, tu as l'intention de conduire les autres au tunnel ?

— Oui, a confirmé Kyp.

— On dirait que tes explorations vont servir à quelque chose, a-t-elle affirmé en le poussant légèrement.

— Oui, on dirait.

Il a incliné la tête. Elle l'a regardé sans ciller.

— Tu crois sincèrement que vous serez en sécurité, Kyp ? a-t-elle demandé.

Kyp a promené les yeux sur le chaos tourbillonnant au-delà de l'Arbre.

— Plus qu'ici, par ce temps. J'en suis certain.

— Je donnerais cher pour vous accompagner. Je suis certaine que tu sais où tu t'en vas, mais...

Elle a soupiré en secouant la tête.

— ... je parie que mes conseils te seraient utiles.

Kyp a de nouveau baissé la tête.

— Tu peux nous accompagner, si tu veux.

— Ma place est avec ceux de mon clan.

Kym s'est une fois de plus tournée vers moi.

— Puis-je vous demander de revenir sur votre décision, mon oncle? Je vous en prie. J'ai peur pour vous. Restez avec nous et confiez à quelqu'un la responsabilité du deuxième groupe. À titre provisoire. Avec votre permission, je me ferai un plaisir de revenir pour m'assurer que tout va bien.

J'ai secoué la tête.

— C'est exclu. Je suis le seul responsable. J'ai l'obligation de demeurer auprès de toute la Famille.

Kym a soupiré de nouveau.

— C'est vous qui commandez. Je n'ai qu'à m'incliner. J'étais juste venue vous dire que les Kinaar sont prêts.

— Merci, ai-je répondu.

Puis j'ai récité calmement la prière du voyageur:

— Vole droit, ai-je commencé.

Aussitôt, Kyp et Kym ont uni leurs voix à la mienne.

— Niche en sécurité. Et que la Créatrice te guide vers un perchoir sûr.

Kym s'est penchée vers Kyp.

— On se revoit après la tempête, a-t-elle dit en s'apprêtant à partir. Sois prudent, Kyp. Que le vent gonfle tes ailes et que la Créatrice te protège.

— Toi pareillement, a lancé Kyp. Bon vent.

Sur ces mots, près de mille paires d'ailes se sont mises en mouvement et nous avons entrepris notre périple dans la nuit... dans la gueule de la tempête.

Chapitre 17

La séparation que je cherchais à éviter depuis si longtemps a donc eu lieu. Un peu plus de cent soixante corneilles ont suivi Kork ; les autres sont parties avec Kyp. Seule consolation, Kyrk, grâce à mes efforts, accompagnait le groupe majoritaire. Dans le cas contraire, je suis persuadé qu'au moins deux clans de plus auraient choisi de se joindre à lui. J'ignore combien d'entre nous auraient accepté d'être guidés par Kyp.

Avec ou sans Kyrk, se déplacer pendant une tempête aussi déchaînée représentait un énorme défi. On a envoyé des émissaires prévenir ceux qui s'étaient éloignés de l'Arbre. Les mères ont regroupé leurs petits. Les chefs ont donné la consigne. Des familles ayant plus d'une allégeance ont dû faire des choix déchirants. Des voix se sont élevées, et des frères et des sœurs se disaient au revoir dans les plus mauvaises conditions possibles. Des jeunes ont pleuré en comprenant que leurs oncles et leurs tantes préférés ne partiraient pas avec eux.

Quand nous avons enfin été prêts et que Kyp, se glissant dans le vent, s'est laissé avaler par les ténèbres, plus de huit cents corneilles se sont lancées à sa suite. On avait beau avoir désigné des éclaireurs et des ailiers, voler en formation était en soi un exploit. Sans discipline, il était toutefois illusoire de penser que huit cents corneilles arriveraient à bon port, au mépris de la neige et du vent.

Nos formations ont une élégance unique. Quand des oies fendent lourdement le ciel, leur ordre rigide saute aux yeux. La structure des corneilles, elle, est invisible. Nous avons eu l'éternité pour perfectionner notre technique, peu importent notre nombre et les circonstances. Combien de fois avez-vous vu des oies perdues dans le brouillard, en train de s'interpeller ? Chez nous, une telle détresse est inconcevable.

Je le répète: quand une corneille vole, elle le fait avec panache, aussi précaire la situation soit-elle.

Chapitre 18

Vous vous dites sans doute que, par un temps pareil, personne n'a vu deux groupes distincts quitter l'Arbre du rassemblement et partir dans des directions opposées. Eh bien, vous avez tort.

Au moment où nous abandonnions notre perchoir, au moins une créature avait les yeux grands ouverts. Tapie en sécurité au milieu d'ombres profondes, elle nous étudiait avec curiosité et appétit, en proie à une colère sourde, empreinte de rancœur.

Peut-être espérait-elle que la tempête nous forcerait à nous poser par terre. Peut-être a-t-elle simplement songé que le mauvais temps et le froid causeraient notre perte et rempliraient son garde-manger. Peut-être nous épiait-elle depuis l'humiliation qu'elle avait subie en public, en attendant son heure. On ne peut jurer de rien.

Ayant constaté qu'une grande partie de la volée avait mis le cap sur la vallée, le Rouge nous a suivis. Sûr de l'endroit où nous avions élu domicile pour la nuit, il a réfléchi et arrêté un plan, puis il est rentré chez lui. Non sans avoir au préalable fait un léger détour.

Les chats sont des créatures solitaires. Grands ou petits, ils chassent et vivent seuls, même ceux que les humains ont réduits à l'esclavage. Ils se distinguent néanmoins de leurs cousins vivant à l'état sauvage par certains traits, dont celui-ci : à l'occasion, ils se regroupent et travaillent en équipe.

Le Rouge chassait presque toujours en solo. De temps en temps, il s'associait à quelques matous des environs. Certains affirment que ces derniers descendaient du Rouge, même s'ils ne lui ressemblaient pas, sauf du point de vue de la méchanceté. Si celle-ci était strictement héréditaire, on en verrait beaucoup moins dans le monde.

À la suite de confrontations malheureuses, les corneilles connaissaient quatre chats plus jeunes que le Rouge. Le premier, qu'on aurait pu prendre pour une grosse boule de neige déformée, avait les yeux gris-vert et un appétit insatiable pour les oiseaux. Son maître lui avait fixé autour du cou un collier pourvu d'une sorte d'engin qui tintait. C'était, au dire de plusieurs, une récompense qu'on lui avait décernée pour avoir tué de si nombreux oiseaux. Venait ensuite un chat brun clair haut sur pattes, au poil ras et au corps souple et nerveux, dont la queue était sans cesse agitée de soubresauts. Un chat musclé et trapu, aux rayures noires et orange, au regard gris-bleu pénétrant, était le troisième larron de cette troupe meurtrière. Le dernier membre de ce vil équipage était aussi noir que la boule de neige était blanche. Pendant qu'il chassait, il était silencieux comme une ombre. Sans avoir la réputation du Rouge, les autres étaient célèbres, chacun à sa façon. Le Blanc, en particulier, avait l'habitude de torturer ses proies.

Ces renseignements, je les tiens d'un geai qui nichait non loin de l'Arbre du rassemblement et qui a vu passer la procession. Le Rouge s'est élancé dans la tempête, les oreilles repliées et le ventre bas. Quatre compères lui ont emboîté le pas : un rayé, un brun clair, un blanc comme neige et, dans leur sillage, un noir, pareil à une traînée de fumée.

Chapitre 19

Kork s'enfonçait tant bien que mal dans le blizzard, suivi de ceux de son clan. Kuper et Kym le flanquaient à gauche, moi à droite. Des pensées qui m'habitaient, cette nuit-là, je ne dirai rien, sauf qu'elles étaient sombres.

Fouettés par le vent, gelés et aveuglés, nous avons effectué un vol pénible et, malgré la faible distance, interminable. L'effort physique n'était pas seul en cause. La volée était en proie à un terrible malaise qui affaiblissait chaque battement d'aile.

En vol, Kuper, d'ordinaire taciturne, s'est rendu utile de cent façons. Je l'ai vu voler auprès d'un jeune qui peinait contre le vent en lui criant des mots d'encouragement. Je l'ai vu rectifier doucement la trajectoire d'un aîné qui avait dévié de sa course. Se perdre dans la tempête, c'était disparaître à jamais, chacun l'avait compris. Dans ces conditions, il était impensable d'organiser des recherches.

Nous avons donc poursuivi notre chemin, haletants, fatigués, glacés, rompus. Kork a enfin aperçu le contour d'une haute structure aménagée par les humains. Il a prévenu les autres, obliqué vers la gauche et pris de l'altitude. Nous avions volé bas pour éviter les forts vents qui soufflaient au-dessus des nids humains et des arbres.

Nous avons décrit un cercle ascendant tandis que Kork se posait enfin. Nous attendions le signal. En vain. Nous avons continué de tourner en rond, ballottés par le vent, les ailes douloureuses. Kuper s'est glissé auprès de Kym.

— Qu'est-ce qui se passe ? a-t-il demandé, pantelant. Pourquoi Kork ne donne-t-il pas le signal ? Certains vieillards n'en peuvent plus.

— Tu n'as donc pas compris ? a-t-elle répondu en se tournant vers lui. C'est impossible. On a bouché l'entrée du nid.

C'est ainsi qu'a débuté le cauchemar des membres de la Famille qui avaient suivi Kork. Le froid, déjà si féroce que des cristaux de glace se formaient autour des yeux des corneilles, était décuplé par le vent. Une corniche abritée offrait une légère protection. Tout autour, cependant, des rafales et des bourrasques soulevaient des tourbillons. Kym se cramponnait, et c'est au prix d'énormes efforts que Kuper a réussi à venir la retrouver.

— Il n'y a pas d'autres ouvertures ? a-t-elle crié.

— Non, a répondu Kuper. J'ai fait le tour. Rien.

J'ai gratté les panneaux de mes serres.

— On ne pourrait pas soulever un bout de bois ? Juste assez pour pouvoir passer ?

Kuper a secoué la tête.

— Inutile. J'ai essayé. C'est trop épais. Les nôtres se jettent contre les murs et ils ne parviennent qu'à se blesser.

Kym a parcouru du regard l'imposante structure.

— Pourquoi les humains auraient-ils bloqué l'issue ce soir ?

— C'est insensé ! a répondu Kuper, amer. Ce qui veut dire que, pour eux, c'est rempli de bon sens.

— Nous ne pouvons pas rester ici ! a hurlé Kym.

Kuper s'est débarrassé de la neige qui lui coiffait le bec.

— Où aller alors ?

— Je ne sais pas, a-t-elle répondu d'un ton morne.

Elle s'est tournée vers moi.

— Oncle Kork est au bout du rouleau, a-t-elle chuchoté. Il a fourni un gros effort pour venir jusqu'ici.

— C'est vrai aussi pour les autres.

D'un geste de l'aile, Kuper a indiqué les silhouettes qui, dans l'ombre, avaient peine à s'accrocher à la corniche.

— Regarde-les. Ils ne sont pas en état de continuer. Nous n'avons plus le choix. Il faut former un essaim.

J'ai hoché la tête.

— Où ça ? Où le faire et espérer survivre jusqu'à demain ?

Sans crier gare, Kurt, une corneille de petite taille, s'est posé près de nous.

— Kalum ! s'est-il écrié. Venez vite. C'est Kork.

Dans la fureur du vent, j'ai eu du mal à me faire entendre.

— Que lui est-il arrivé ?

— Il est tombé !

Kym, Kuper et moi nous sommes élancés dans la bourrasque.

— Où est-il ? ai-je crié.

— Là, en bas, a répondu Kurt en baissant la tête.

Nous nous sommes posés après avoir décrit quelques cercles. Déjà, la neige avait commencé à recouvrir le corps avachi.

— Mon oncle ?

Kym s'est approchée et a délicatement poussé Kork, qui n'a pas réagi.

— Mon oncle ? a-t-elle répété en plaçant son bec près du sien.

Toujours rien.

— Qu'est-ce qui s'est passé ? a-t-elle demandé à Kurt.

— Personne ne le sait. Il était avec la volée. L'instant d'après, il avait disparu. Le vent l'a peut-être déséquilibré.

Kym s'est penchée sur la silhouette affalée par terre.

— Mon oncle ? a-t-elle murmuré. Réveillez-vous.

Elle a dégagé la neige qui s'accumulait sur Kork. La corneille qui avait pendant si longtemps guidé son clan gisait sur le flanc, immobile, soudain petite et frêle. Je me suis glissé près de Kym.

— Laisse-le, ma nièce. C'était son dernier voyage.

Délicatement, nous avons glissé la tête de

Kork sous une de ses ailes. J'ai récité une courte prière, puis j'ai débarrassé mes serres de la neige qui les recouvrait. Kork était une corneille compliquée et difficile à comprendre. Pourtant, il s'est, plus que personne, dépensé pour sa Famille. Qu'est-ce que la mort, sinon une brève envolée vers un nid meilleur ? Ce repos, il l'avait bien mérité.

En baissant les yeux sur cette vieille corneille, réduite à l'état de coquille vide, je me suis soudain senti cruellement fatigué et impuissant. Kuper, heureusement, m'a tiré de ma rêverie.

Il a ôté la neige de son bec et indiqué les ténèbres où la neige tourbillonnait.

— Faut-il partir à la rencontre de Kyp ?

Kym a secoué la tête.

— Le trajet est trop long. Nous sommes exposés au vent depuis longtemps déjà.

Elle a montré des jeunes accroupis à proximité.

— Ils ne tiendraient pas le coup.

— Dans ce cas, il faut retourner à l'Arbre du rassemblement, a lancé Kuper en chassant de nouveau la neige d'un air impatient. Cet abri ne vaut rien. Au moins, là-bas, nous bénéficierons d'une certaine protection. Si nous formons un essaim, nous aurons de meilleures chances de survie.

— C'est si loin, ai-je souligné. Nous n'avons pas eu le temps de souffler. Combien arriveront jusqu'au bout ?

J'essayais de mettre de l'ordre dans mes pensées quand Kym s'est tournée vers moi.

— J'ai une idée, a-t-elle dit d'un air hésitant.

À cet instant précis, un oisillon s'est effondré, juste à côté de nous. Kym a volé à son secours.

— Qu'est-ce qu'il y a, Katy ? a-t-elle demandé.

— Je ne sens plus rien, Kymmy, a répondu la petite. Mes ailes refusent de bouger.

Après avoir plané pendant un moment, un des éclaireurs s'est affalé près de Kuper. Au terme d'un débat animé, Kuper s'est glissé près de Kym.

— Nous avons perdu huit corneilles au bout de la corniche, a-t-il rapporté. Du côté exposé au vent, selon Kelk, l'éclaireur, les nôtres se posent sur le sol et laissent la neige les ensevelir. Nous ne survivrons pas jusqu'au matin, a-t-il ajouté d'un ton neutre. Nous allons tous y rester, sans exception.

— Où trouver refuge ? ai-je rétorqué sèchement. La tempête gagne encore en intensité. Même les branches les plus grosses sont secouées et se cassent comme des brindilles. Il n'y a pas d'abri à proximité. Pas moyen non plus de partir en reconnaissance. Si nous retournons à l'Arbre, nous perdrons la moitié de la volée.

Kym a baissé les yeux sur la petite Katy.

— Je sais où aller.

— Qu'est-ce que tu racontes ? a demandé Kuper.

— Je connais un endroit, a-t-elle répondu d'une voix un peu plus affirmée. Ce n'est pas loin.

— Où est-ce ? ai-je voulu savoir.

— Qu'est-ce que tu entends par « pas loin » ? a demandé Kuper en plissant les yeux.

Kym nous a regardés tour à tour, Kuper et moi.

— Faites-moi confiance.

— Au point où on en est, ai-je avoué, je veux bien essayer n'importe quoi, ou presque.

Kym, accroupie à côté de la petite, s'est penchée pour se faire entendre en dépit des assauts du vent.

— Il faut que tu te lèves, Katy.

L'oisillon a secoué la tête.

— Je n'ai plus de forces.

— Il le faut bien, pourtant. Nous partons nous mettre à l'abri. Là-bas, nous serons mieux.

— Je ne sens plus mes épaules, a dit Katy d'une voix faible, endormie. Je préférerais me reposer un moment.

Kuper s'est penché à son tour.

— Tu crois que tu pourrais grimper sur mon dos ?

Kym s'est vivement tournée vers lui.

— Tu veux rire ?

Kuper s'est accroupi dans la neige en ouvrant les ailes.

— Ça ira, a-t-il répondu sans plus.

Il a pris position.

— Tu n'arriveras pas à voler avec la petite sur tes épaules, a protesté Kym. Pas par ce temps. Katy, il faut que tu…

Kuper lui a coupé la parole.

— Chut. Je te répète que ça ira. Elle pèse moins lourd que bien des carcasses que j'ai transportées jusqu'à ma cachette.

Il s'est de nouveau adressé à Katy.

— Tu peux te redresser ? a-t-il demandé doucement.

— Je crois, a répondu la petite.

Elle s'est assise, puis elle s'est mise debout. Se hissant délicatement sur Kuper, elle a soupiré et s'est blottie contre lui. J'ai été frappé par la différence de taille entre les deux oiseaux. Elle avait l'air si menue, enfoncée dans les plumes du large dos de Kuper !

Celui-ci s'est redressé.

— Accroche-toi bien, a-t-il recommandé à Katy. Et mets ton bec dans mon cou.

— La première rafale va vous plaquer au sol, a prédit Kym en hochant la tête.

Kuper l'a regardée.

— Allons-y. C'est par où ?

— Suivez-moi, a répondu Kym en s'élançant dans la tempête.

Le signal du départ a été répété de corneille en corneille. Les Kemna se sont préparés, partagés entre l'espoir et le désespoir. D'un côté, ils étaient conscients de n'avoir aucune chance de survie s'ils ne bougeaient pas. De l'autre, ils étaient déjà exténués, et l'idée d'affronter une fois de plus la neige et le vent était, pour certains, insupportable. Au pied du nid humain, où la bourrasque s'intensifiait, nous avons abandonné près de quarante des nôtres. Dans ce monde, ceux-là ne voleraient plus, ne riraient plus, ne verraient plus leur famille. Parmi toutes les pertes que nous avons encaissées ce soir-là, ce sont celles que je regrette le plus amèrement, car elles sont dues à mon manque de jugement et à mes mauvaises décisions.

Kym a harangué la volée en décrivant un cercle :

— Écoutez-moi bien ! Restez près d'une autre corneille. Si vous ne voyez pas les plumes de la queue de celle qui vous précède, c'est que vous êtes trop loin. Attention à la cime des arbres. J'ai l'intention de voler à basse altitude.

Sur ces mots, elle a déployé ses ailes et a mis le cap sur le sud.

Kuper s'est rangé juste derrière elle.

— Si tu veux que je me tienne derrière, lui a-t-il lancé, il faut que je sache où nous allons.

— Chez les humains, a répondu Kym.

Chapitre 20

Entre-temps, quelque huit cents corneilles fonçaient péniblement dans le noir, guidées par Kyp et encouragées par Kyrk qui les talonnait sans relâche. Malheur aux retardataires : Kyrk les débusquait et leur mordillait les pattes. Malheur également aux pauvres âmes qui, emportées par le vent, déviaient de leur course. Kyrk rappliquait aussitôt, leur assénait un coup puissant de ses ailes, proférait quelques mots sévères et donnait des consignes claires.

Quand un hibou brun affamé a surgi de l'ombre et s'est mis à voler le long du flanc droit, à l'affût de traînards, c'est encore Kyrk qui a mobilisé une dizaine de volontaires pour le dissuader. Le hibou a disparu aussi vite que le soleil, l'herbe et le printemps l'avaient fait, un peu plus tôt.

Si, après de longs efforts, toutes les corneilles ont fini par se poser, fatiguées, brisées et haletantes, c'est en grande partie grâce à Kyrk.

Dans la tourmente, Kyp les a guidées en colonne, au ras du sol. Plongeant dans une vallée, il a touché terre près du fond d'un ravin et s'est enfoncé dans la neige.

Après l'avoir imité, certaines corneilles ont aperçu l'entrée du souterrain. Elles se sont mises à piétiner sur place d'un air nerveux.

— Que fait-on ici ? marmonnaient-elles.

— Nous allons nicher là pour la nuit, a crié Kyp en indiquant le tunnel d'un geste de la tête.

— Sous terre ?

Les mots ont été répétés jusqu'au bout de la volée.

— Sous terre ?

À chaque répétition, on sentait la peur augmenter d'un cran. « Sous terre » : mots maudits évoquant la présence des blaireaux, des chouettes, des belettes et de mille ennemis mortels.

Malgré le froid et la tempête, des voix furieuses s'élevaient :

— Nous n'allons pas entrer là-dedans. Nous ne sommes pas des souris.

D'autres gémissaient :

— Il y a peut-être des serpents.

Kyp a voleté jusqu'à une souche renversée et s'est tourné vers la Famille. Il a examiné les visages qui le fixaient d'un air désespéré, ses frères et ses sœurs qui se serraient les uns contre les autres dans l'espoir de trouver un peu de chaleur. Du regard, certains s'efforçaient de pénétrer l'embouchure du tunnel. D'autres fomentaient des projets d'évasion en contemplant le ciel.

— Je suis allé à l'intérieur, a lancé Kyp.

Des murmures de stupéfaction se sont élevés.

— C'est un nid sûr et chaud où nous pourrons passer la nuit. Vous n'avez qu'à rester groupés et à me suivre.

Les grommellements d'inquiétude ont repris de plus belle jusqu'à ce que Kyp les interrompe d'un cri :

— Si nous ne nous mettons pas à l'abri, nous allons mourir, jusqu'au dernier !

Devant ce froid constat, les marmonnements se sont interrompus d'un coup.

— C'est la seule solution. Qui est avec moi ? Kyrk ?

Pendant un long moment, celui-ci n'a pas bronché. Puis il s'est avancé et a bredouillé quelques mots à voix basse.

— Pardon ? a demandé Kyp.

— Je ne peux pas entrer là-dedans, a répété Kyrk.

Kyp a reculé d'un pas pour mieux voir son interlocuteur.

— Qu'est-ce que ça veut dire ?

— Ça veut dire que c'est une terrible erreur, a chuchoté Kyrk d'un ton bourru. Corneille suprême, ne me demandez pas d'entrer dans un lieu où je ne vois rien. Je refuse de briser sciemment le lien qui m'unit à la Créatrice, et je n'ai pas non plus l'intention d'en faire la recommandation aux autres. Les corneilles n'ont pas été conçues pour se creuser une tanière.

— Qui parle de creuser ?

— Il y a sans doute des belettes là-dessous. Ou pire.

Sautillant dans la neige, des corneilles s'étaient rapprochées de Kyrk dans l'espoir de comprendre ce qui n'allait pas.

— Le tunnel est désert, mon oncle.

Kyp se forçait au calme.

— Combien de fois faudra-t-il que je vous...

— Comment peux-tu en être certain, hein ? a riposté Kyrk. Comment ?

— J'ai vérifié, a laissé tomber Kyp du ton le plus neutre possible.

Il espérait garder cette conversation pour eux seuls.

— Nous pouvons rester ici et nous mettre à l'abri dans l'embouchure du tunnel, a raisonné Kyrk. Pas besoin d'aller plus loin.

— Ici, nous n'avons aucune chance de survie. Certains ne sentent déjà plus leurs ailes. Il leur faut un peu de chaleur. Ils doivent s'abriter du vent. C'est le seul endroit.

Kyrk secouait obstinément la tête.

— Je refuse.

Kyp s'est rapproché de la vieille corneille.

— Je sais que vous n'avez pas confiance en moi, mais… Vous n'allez pas tenir le coup, ici, mon oncle.

Kyrk s'est récrié.

— Ah ! Tu crois que j'en suis à ma première tempête ?

Kyp s'est penché sur lui.

— Pourquoi ? Pourquoi ne voulez-vous pas me suivre ?

Kyrk n'a rien répondu. Tandis qu'ils se faisaient face, bec contre bec, Kyp a soudain compris. Il s'est rendu compte que cette vieille corneille qui, à ses heures, avait affronté le hibou et la martre, était paralysée par la peur.

Kyp, sentant que la volée attendait la décision de l'aîné, s'est penché à l'oreille de ce dernier :

— Vous n'avez qu'à demeurer à l'arrière, mon oncle. Campez-vous près de l'entrée. Montez la garde. De grâce, ne découragez pas les autres de me suivre.

Kyrk a fixé posément le jeunot, puis, sans crier gare, il s'est tourné vers la volée.

— Eh bien ? a-t-il crié. Qu'est-ce que vous attendez ? Entrez ! Vous serez au chaud. Allons ! Je suis juste derrière vous.

Quelques-uns des jeunes camarades de Kyp ne demandaient pas mieux. Ils ont foncé dans le tunnel, et leur attitude a eu raison des hésitations. Bientôt, les corneilles se bousculaient pour entrer. Kyp, pas à pas, les guidait dans les étroits passages.

Lasse et sans entrain, la Famille l'a suivi en silence. Au moment où la dernière corneille s'engageait dans l'embouchure, un bruit lugubre, à la fois gémissement strident et hurlement de supplicié, a résonné. Sur les dos, les plumes se sont dressées.

— Ce sont les esprits de nos ancêtres qui

se manifestent, ont marmonné certains. C'est
la Créatrice qui nous met en garde.

Kyp a élevé la voix.

— Ce n'est que le vent !

La Famille progressait lentement, laissant dans son sillage des murmures, des hurlements et des geignements spectraux. Chacun
avançait avec précaution, espérait que celui
qui le précédait n'allait pas trébucher. L'odeur
de la peur mêlée à celle des plumes mouillées
a envahi la galerie. Un peu de lumière entrait
en oblique par les trous que les humains
avaient creusés dans le plafond. Par accident,
par dessein ou par l'effet de quelque phénomène météorologique, les lampes humaines
qui brillaient au-dessus du tunnel clignotaient.
Elles s'intensifiaient, se tamisaient, crépitaient ;
quelques instants plus tard, elles s'embrasaient
de nouveau.

C'est au milieu de ces éclats et de ces
éclairs irréguliers que les corneilles se suivaient
dans les ténèbres de plus en plus profondes.

Chapitre 21

Les Kemna, fatigués jusqu'à l'os, s'efforçaient de ne pas perdre la trace de Kym. «Chez les humains», avait-elle lancé. C'est-à-dire? L'idée semblait si absurde qu'elle ne méritait même pas qu'on en discute. D'ailleurs, plus personne n'avait la force de rouspéter. Nous volions. Nous volions parce que nous n'avions pas le choix.

Difficile d'imaginer voyage plus pénible. Ignorer le sort de ceux qui étaient partis dans l'autre direction. Ne pas savoir s'ils étaient en sécurité. Abandonner Kork et les malheureux qui l'avaient suivi, que la neige recouvrait déjà. Aller vers un nid plus incertain que celui que nous avions quitté. J'essayais de me concentrer sur ma technique. Le vent, prenant encore de la vigueur, hurlait et griffait. Chaque nouvelle rafale martelait le corps et embuait l'esprit. Notre vol est devenu irrégulier, et il était presque impossible de garder le cap. Kymmy avait eu la sagesse de choisir un itinéraire qui nous évitait d'affronter le vent de face. La plupart du temps, il venait donc de la droite et, à chaque battement d'aile, Kym devait rectifier sa trajectoire. Elle a fini par se poser dans un pommier incliné, fouetté par la bourrasque, à côté d'un petit nid humain de forme rectangulaire.

Quelques branches s'étaient fendues ; d'autres avaient été arrachées. À la cime, les ramilles dansaient follement, retenues par d'infimes bouts d'écorce. Lasses, les corneilles se sont laissées choir dans un pommier ou dans un bouleau voisin. Kym a bondi sur la corniche du nid humain. De la lumière s'en échappait. Sur cette chaude lueur se découpait la silhouette sombre de Kym.

— À quoi joues-tu ? a sifflé Kuper depuis une branche voisine.

— Attends, a-t-elle répondu.

Bien que sa voix soit calme et maîtrisée, elle a hésité un moment avant de taper sur la plaque de pierre transparente que les humains posent sur les trous de leurs nids.

Alarmées, certaines corneilles ont pris leurs ailes à leur cou. La plupart se sont contentées de rester sur place, trop découragées pour s'inquiéter, trop gelées et trop effrayées pour bouger. Soudain, un visage, immense et hirsute, s'est encadré dans l'ouverture en plissant les yeux. L'humain n'a d'abord rien vu. Ensuite, son regard s'est fixé sur Kym.

À l'apparition d'un humain, la volée se serait normalement dispersée dans tous les sens. Abasourdies par le vent, les corneilles se sont plutôt contentées de contempler ce singulier spectacle. Lentement, l'humain a posé la main sur la pierre transparente et l'a soulevée un peu.

Tandis que le vent sifflait en s'infiltrant par la fissure, Kym a ouvert le bec. À ma grande stupéfaction, il en est sorti un enchevêtrement étrange et complexe de sons inconnus. Rien à voir avec la langue châtiée des corneilles. C'étaient plutôt des miaulements, des grognements, des cliquètements et des hurlements comme en poussent les humains pour communiquer. Celui-ci a écarquillé les yeux avant de se pencher. Kymmy a répété les sons bizarres.

Sans crier gare, l'humain s'est redressé, a incliné la tête et a aboyé un ordre. Comme s'il répondait à un appel, un autre humain a grogné et s'est approché en courant. Les deux ont alors appuyé leurs visages larges et charnus contre la barrière de pierre invisible pour mieux étudier Kym. Elle a de nouveau scandé son message, cette fois, m'a-t-il semblé, avec plus d'insistance.

Les sons ont mis les humains dans tous leurs états. Ils ont grogné, sifflé et poussé des cris. Bref, ils ont fait un boucan d'enfer. De temps à autre, ils jetaient des coups d'œil ahuris en direction des corneilles tristes et dépenaillées qui s'accrochaient aux arbres. Nous, en l'occurrence. Finalement, le plus grand et le plus velu des deux s'est éloigné de la barrière invisible et a disparu. Quelques instants plus tard, il était à l'entrée du nid, emmitouflé dans d'épaisses peaux. Il s'est avancé d'un pas délibéré. Qu'avait donc pu dire Kym à cette créature étrange pour l'inciter à renoncer à la chaleur de son refuge pour venir avec nous dans la tempête ? Tête baissée, l'humain a pataugé dans la neige épaisse jusqu'à un nid aux dimensions plus modestes. Là, il a poussé sur une plaque de bois. Après avoir créé une ouverture dans le nid, l'humain a reculé d'un pas. Kym a quitté son perchoir et, à mon grand étonnement, s'est glissée par le trou. Quelques instants plus tard, elle est réapparue et a donné le signal.

Bien entendu, personne n'a bronché. Le geste qu'elle nous proposait allait à l'encontre de la tradition, des lois et du bon sens. Ressortirions-nous de cet endroit, à supposer que nous nous décidions à y entrer ?

Si j'avais été un peu moins fatigué et que mon cerveau avait mieux fonctionné, j'ignore comment j'aurais réagi. Aurais-je suivi Kym plus rapidement ? Me serais-je au contraire enfui aussitôt ? J'étais toutefois exténué, comme les autres. En fin de compte, j'ai mis de côté mes hésitations. Je devais prendre le parti de la confiance. Me fier à Kymmy et à la relation qu'elle avait établie avec les humains. Je suis à mon tour descendu. Utilisant le peu de voix qui me restait, j'ai répété l'appel. L'une à la suite de l'autre, les corneilles ont quitté les arbres environnants et sont entrées dans ce nid sombre et mystérieux.

Les lieux étaient étroits, à peine suffisants pour nous accueillir. En revanche, ils étaient chauds, secs et à l'abri du vent. Cent vingt corneilles se sont ainsi perchées sur des bouts de bois qui saillaient dans la partie supérieure du refuge ou se sont posées par terre. Immédiatement, le froid a déserté nos membres.

Kuper a été le dernier à s'avancer. Il a atterri lourdement dans la neige devant l'entrée et s'est penché pour laisser descendre la petite Katy. Elle est tombée, s'est remise sur pattes et est entrée en boitant. Kuper a hésité, puis il a pris son envol.

— Kuper! a crié Kym. Où vas-tu? Reviens. Nous sommes en sécurité ici.

Il s'est retourné, et j'ai lu l'angoisse sur son visage.

— C'est impossible! a-t-il rétorqué. Je refuse d'entrer là-dedans.

Kym s'est dirigée vers l'ouverture.

— Il faut bien, Kuper.

Le vent arrachait les mots de son bec, les éparpillait.

— Il n'y a pas d'autre solution.

— Non. Je ne peux pas partager le nid d'humains. Je les déteste.

Soudain soulevé par une bourrasque, Kuper a dû lutter pour se maintenir en place.

— Où iras-tu? a demandé Kym.

— Quoi? a-t-il répondu, en équilibre précaire.

— Où. Iras. Tu?

Elle avait détaché chacun des mots pour être sûre d'être entendue malgré la tempête.

— Au même endroit que les autres.

— Comment ?

— Kyp m'a dit où il les conduisait.

— Auras-tu la force de t'y rendre ? Tu es déjà fatigué.

— Je n'aurai qu'à suivre une coulée. J'y serai à l'abri du vent. Une vraie sinécure.

Kym a ouvert le bec dans l'intention de protester. Kuper, cependant, l'a devancée.

— Kym, a-t-il bredouillé à l'instant où une nouvelle rafale le secouait, j'aurais dû te parler avant. J'aurais dû…

Il s'est interrompu un moment avant d'ajouter sur un ton à peine audible :

— … faire un tas de choses.

Kuper avait l'habitude de regarder au-dessus de vous quand il vous adressait la parole. Pour la première fois, ses yeux ont croisé ceux de Kym.

— Après la tempête, je te parlerai.

— Merci, Kuper, a-t-elle simplement répondu. Sans toi, nous n'aurions pas réussi.

Pendant un moment, Kuper s'est tenu très droit, et j'ai pensé qu'il était sur le point de changer d'idée. Puis, déployant ses ailes, il s'est laissé emporter par un courant ascendant.

— Bon vent ! a-t-il lancé par-dessus son épaule.

J'aurais dû le suivre. En ma qualité d'Élu, j'aurais dû renoncer à la chaleur et au confort du nid des humains. La vérité, c'est que je n'en ai pas eu la force. Le voyage m'avait vidé. Je n'avais plus la moindre ressource. Accroché à un large perchoir, je me suis effondré dans la tiédeur poussiéreuse du nid, pantelant. Il aurait pu prendre feu et être réduit en cendres, je n'aurais pas bougé d'une plume. Quelques instants plus tard, j'ai sombré dans un profond sommeil.

***

Dormir comme un loir et me réveiller, désorienté et mort d'inquiétude pour la Famille, dans un lieu étranger… Disons que j'avais des sentiments partagés.

Je l'avoue volontiers: trouver refuge dans une structure de construction humaine tenait du miracle. Le vent avait beau souffler sans fléchir, menacer de défoncer les murs, on aurait dit, à l'intérieur, une douce journée de printemps. Un peu partout, on voyait de petites flaques de neige fondue. Les plumes retrouvaient leur lustre habituel. L'humain était revenu pour déposer un objet noir et luisant, de forme cubique, dans un coin du nid. Il a tiré sur la queue de cette chose et l'a fichée dans un trou percé dans la paroi. Aussitôt, elle s'est mise à hoqueter et à bourdonner. Au fond de la boîte, de longs filaments ont commencé à briller et à virer au rouge vif. Soudain, la gueule large et sombre s'est mise à souffler de l'air chaud.

Dès que nos gosiers glacés et irrités par le vent sont revenus à la normale, nous avons eu moins de mal à avaler. Quand l'humain est apparu de nouveau, les corneilles avaient repris des forces au point de laisser voir des mouvements d'humeur. Nombreuses sont celles qui se sont agitées et ont protesté. Certaines ont volé jusqu'aux plus hauts perchoirs de bois en criant. Ignorant nos récriminations, l'humain s'est penché pour déposer deux pierres plates par terre. Sur l'une s'empilaient de la viande, des fruits et diverses victuailles ; dans l'autre, de l'eau reposait au fond d'un creux ovale. Curieusement, l'humain semblait préoccupé par la boîte noire lustrée. Avant de sortir, il s'est agenouillé devant elle et l'a rapprochée de l'entrée. Ensuite, il a placé une branche dans l'ouverture du nid pour empêcher la plaque de bois de se refermer complètement.

— Vous voyez bien qu'ils ne sont pas

tous mauvais, s'est écriée Kym en indiquant l'humain.

J'ai regardé celui-ci s'en aller d'un pas lourd.

— Je ne veux même pas penser au temps que nous allons devoir consacrer à la prière et à la purification après une aventure pareille. Que lui as-tu donc dit ? ai-je voulu savoir.

— Je lui ai demandé de l'aide, a-t-elle répondu. Enfin, je crois…

— Quoi qu'il en soit, j'en prends la Créatrice à témoin, c'est extraordinaire.

À ma connaissance, c'était la première fois qu'un humain et une corneille se parlaient. Et c'est arrivé au moment le plus opportun.

Avec mille précautions, je me suis approché des fruits. Soulevant un morceau de pomme dans mon bec, je l'ai avalé. Puis, j'ai bu un peu d'eau pour l'aider à descendre. Je n'ai rien senti de particulier, sinon, bien entendu, que j'avais moins faim et soif. J'ai goûté autre chose. Me rendant compte que la nourriture n'avait aucun effet nocif sur moi, j'ai donné à la bande le signal de venir manger et boire à son tour.

Une fois les corneilles rassasiées, je me suis senti un peu mieux. Assez, du moins, pour jeter un coup d'œil dehors par une des pierres transparentes posées dans le mur. La tempête ne montrait aucun signe d'essoufflement.

Je me suis tourné vers Kym.

— Je répugne à l'idée d'exiger davantage de toi, mais je n'ai pas le choix. Acceptes-tu de veiller sur eux pendant mon absence ?

— Vous ne songez pas à repartir ?

— J'ai donné ma parole.

— J'accepte si c'est ce que vous voulez, mon oncle. Seulement, je préférerais de loin que vous restiez ici. Je sais que vous êtes lié par le devoir. Mais vous êtes l'Élu. Ce soir, nous avons déjà perdu quelques aînés. Vous avez aussi l'obligation de vous occuper de vous-même.

— Ils sont trop nombreux pour Kyp. Le gros de la Famille l'a suivi. Il faut que je m'assure qu'ils vont bien.

Elle m'a regardé droit dans les yeux.

— Qu'arrivera-t-il aux Kinaar si nous vous perdons ?

— C'était ma décision, Kym. J'ai autorisé la séparation. Je dois aller trouver les autres. C'est notre seul espoir de demeurer unis au lendemain de la tempête.

Consciente de ma détermination, Kym a posé sa tête sur mon épaule et son bec contre mon cou.

— Que le vent gonfle vos ailes, mon oncle, a-t-elle murmuré. Et bon vent.

— Bon vent à toi aussi, ma nièce.

J'ai déployé mes ailes pour en éprouver la fermeté.

— Cette nuit, tu t'es dépassée. Veille maintenant sur eux. Quand nous nous reverrons, qu'ils soient en sécurité.

Chapitre 22

Dans la vapeur et la bruine qui montaient du ruisseau, le tunnel avait l'air spectral. Des formes fantomatiques apparaissaient et disparaissaient tour à tour dans le brouillard tourbillonnant. Les parois chatoyaient sous une fine couche de glace. Cette dernière rendait la progression périlleuse. Dès que l'une des corneilles glissait, quelques autres trébuchaient sur le corps affalé. Le ruisseau, gonflé par la neige et la pluie, serpentait au milieu. En posant la patte dans l'eau, les corneilles constataient avec surprise qu'elle était chaude. Cette sensation leur procurait un peu d'espoir. Dans ce lieu sombre et confiné, elles en avaient bien besoin.

Kyp a fini par ordonner à la colonne de s'arrêter. Pendant que les corneilles prenaient leur place, il y a eu une légère bousculade. Ensuite, le tunnel a sombré dans un silence que seuls rompaient le gémissement sourd du vent et le halètement des corneilles. Toutes les quatre ou cinq inspirations, les lumières humaines, en surface, s'embrasaient et, par les trous grillagés, jetaient une lueur au-dessus des têtes.

Les corneilles étaient entassées, effrayées et déboussolées. En revanche, elles avaient déjà beaucoup plus chaud. Le vent qui sifflait à l'intérieur n'était rien à côté de celui qui, là-haut, faisait fléchir les arbres. De la vapeur montait de l'eau qui s'infiltrait par la fissure. En parcourant le tunnel, elle en haussait légèrement la température. Le contact des ailes réchauffait aussi l'atmosphère.

Si tout s'était bien déroulé, tel est peut-être le souvenir que nous aurions conservé : une nuit d'étrangeté, d'insomnie et d'inconfort que nous aurions passée blottis les uns contre les autres. Nous aurions accueilli le lever du jour en maugréant, fatigués, mais sains et saufs.

Hélas, c'est pendant que les nôtres se reposaient que le premier chat a attaqué.

Chapitre 23

J'ai quitté l'abri humain et le vent s'est jeté sur moi. Partout, l'air torturé gémissait et hurlait. Voir était en soi un défi. La neige envahissait mes yeux et encroûtait mon bec. Je devais exercer mes autres sens, que la tempête émoussait eux aussi.

Jamais encore je n'avais eu autant de mal à voler. Déjà épuisé par les déplacements précédents, je ressentais une douleur sourde dans les épaules à chaque battement d'aile. Les seules parties de mon corps qui ne me faisaient pas mal étaient engourdies par le froid.

Bientôt, ma tête s'est mise à tourner et je me suis rendu compte que j'étais égaré dans une mer démontée, noire et blanche. Il n'y avait plus de haut ni de bas, de devant ni de derrière. Soudain, une branche fouettée par le vent m'a raclé le visage, me tirant de ma torpeur à l'instant où je piquais du bec dans un bosquet de jeunes saules. Je suis resté couché dans la neige, à l'endroit où j'étais tombé. Levant les yeux, j'ai compris que, par mégarde, j'avais heurté un arbre.

Pour survivre à ce périple, je devais me relever et me concentrer. En clignant des yeux, j'ai aperçu, dans le tronc du saule, un creux que le vent avait débarrassé de la neige. Je me suis traîné jusque-là pour reprendre mon souffle. Peu à peu, mon visage et mon dos se sont désengourdis. Pendant que je recouvrais mes esprits, j'ai senti un objet tranchant me piquer l'épaule droite. En me retournant, j'ai vu, horrifié, une gueule béante, hérissée d'énormes dents inégales.

À moitié enseveli sous la neige et les branches, un coyote gelé et couvert de sang me regardait d'un air de défi. Blessé, il avait trouvé refuge dans cet endroit, où il était mort. Quand la température avait baissé, il avait gelé, les babines retroussées par la douleur et la rage. Il était désormais aussi raide que les branches durcies par le froid sous lesquelles il s'était abrité. J'ai considéré le macabre masque mortuaire et, ébranlé, je suis reparti.

Suivant les directives de Kyp, j'ai fini par trouver le ravin. J'ai examiné les branches et les broussailles de la berge du fleuve à la recherche de l'entrée du tunnel. J'ai cru voir un des nôtres : une ombre noire a traversé mon champ de vision, au ras du sol. J'ai cligné des yeux : l'image avait disparu. J'ai secoué la tête pour débarrasser mon bec de la neige qui s'y incrustait. L'embouchure s'est matérialisée devant moi. Repliant mes ailes, je me suis posé sur une souche.

Aussitôt, j'ai été frappé de côté et renversé. Sans l'épaisse couche de neige molle qui recouvrait le sol, je ne serais plus en vie aujourd'hui. Le chat, qui m'avait surpris par terre, sans méfiance, a déchiré le bout de mon aile droite. La neige, cependant, le désavantageait. Tandis que je gisais sur le flanc, il a voulu se jeter sur moi. Ses pattes arrière se sont enfoncées. Avec peine, je me suis redressé et j'ai bondi sous une branche.

Trop lentement. L'instant d'après, le Rayé a fondu sur moi en fonçant dans les broussailles et en cinglant les brindilles. J'ai reçu un coup indirect à la poitrine et un autre à l'aile droite, déjà abîmée. S'il avait pris son temps et qu'il avait mieux planifié son attaque, j'aurais fini dans son estomac. Il s'est plutôt avancé dans l'intention de me malmener. Profitant de l'occasion, j'ai planté le bout de mon bec au-dessus de ses babines, juste sous son nez. Quand, dans le cours d'une bagarre, vous avez l'avantage de la surprise, n'hésitez jamais. J'ai frappé de nouveau, du côté de l'œil gauche, cette fois, et le chat s'est mis à saigner.

Je n'avais aucune chance de gagner. De cela, j'étais certain. J'avais causé le plus de dommages possible. Le moment était venu de m'évader. Je me suis propulsé dans un buisson de groseilles dans l'espoir que les grosses épines s'accrocheraient au pelage du chat et le ralentiraient. J'éprouvais une douleur aiguë. J'ai bondi sur une souche. J'ignorais si mon aile blessée supporterait mon poids. Il fallait néanmoins que j'essaie. Déployant mes ailes, je me suis envolé et je suis retombé aussitôt. Le chat est passé à travers les broussailles comme si de rien n'était et, d'un coup de patte sur mon flanc gauche, m'a étendu dans la neige. Ses griffes acérées s'enfonçaient dans ma chair. Son énorme tête hirsute et couverte de glace se pressait contre moi. Sa gueule caverneuse béait, sa langue rouge et grossière pendait, ses dents étincelaient. Son haleine fétide, piquante et atroce m'enveloppait. J'ai fermé les yeux.

Soudain, j'ai entendu le son le plus horrible qui puisse s'imaginer. Une note grinçante et discordante, un bruit de déchirement comme je n'en avais jamais encore entendu. Ouvrant les yeux, j'ai vu la gueule du chat se fendre en un rictus de douleur. La créature, après avoir été soulevée, est allée bouler dans la neige, cul par-dessus tête.

Kyrk, qui poussait des cris déments, était en même temps sur le Rayé et sous lui. Il s'était sans doute posé sur le dos du chat, qu'il avait attaqué à coups de griffe et de bec. De profondes coupures balafraient la nuque du félin, dont l'oreille droite ne tenait plus qu'à un fil. J'ai été témoin de bagarres et j'ai moi-même participé à des combats. Rien, cependant, qui se compare à ce que j'ai vu ce jour-là. Kyrk se démenait comme un possédé. Fort et agile, il semblait avoir rajeuni de plusieurs années. Tenant le Rayé hors d'équilibre, il frappait, frappait encore.

Puis le Blanc a surgi du tunnel. Sous sa gorge, tandis qu'il se ruait sur Kyrk, son collier tintait follement. J'ai poussé un hurlement pour mettre Kyrk en garde. Il s'est jeté de côté et s'est envolé. Le Blanc, en retard, a raté son attaque et roulé dans la neige. J'ai eu la présence d'esprit de deviner que les deux chats allaient ensuite s'en prendre à moi. J'ai foncé et j'ai battu l'air au moyen de mouvements rapides et brusques. Chaque fois, mon aile droite élançait. Le Blanc a bondi et a attrapé le bout de ma queue. J'ai senti une douleur aiguë, puis j'ai vu des plumes descendre lentement vers le sol. J'étais cependant dans les airs et hors d'atteinte.

Je n'aurais pas volé bien loin. J'ai suivi Kyrk jusqu'à un trou dans une vieille épinette noueuse. Nous y étions au moins un peu à l'abri du vent. Je me suis serré contre lui.

— Ça va ? a-t-il demandé d'une voix pâteuse.

Sa langue avait été coupée. Le bout pendait mollement au bord de son bec. Je l'ai rassuré. Il avait subi de terribles blessures. Une énorme coupure traversait son cou, du coin de son bec jusqu'au bas de son ventre.

Soudain, j'ai compris.

— Il y en a un autre.

— Un autre quoi ?

— Un autre chat. Dans le tunnel. En passant au-dessus de l'entrée, j'ai aperçu une ombre, sans comprendre de quoi il s'agissait. Il était noir. S'il attaque la volée de concert avec ses deux complices, là, dans l'obscurité…

Je n'ai pas eu besoin de terminer. Nous savions, Kyrk et moi, de quoi trois chats étaient capables. Dans un lieu confiné, où le vol était exclu, ils risquaient de massacrer les nôtres jusqu'au dernier.

Malgré la lassitude, nous nous sommes élancés. Tandis que nous foncions vers l'embouchure du tunnel, je lui ai demandé :

— Où est la sentinelle ?

— La sentinelle, c'est moi ! a répondu Kyrk.

Chapitre 24

L'humain est revenu une fois de plus. Il a apporté de l'eau fraîche et une sorte de carcasse écrasée, aplatie, qu'il a placée sur la pierre par terre.

Après son départ, Kym s'est posée près de la nourriture. Puisqu'elle remplaçait l'Élu, le clan attendait qu'elle ait goûté. Quand il s'agit d'offrandes humaines, il est difficile de porter un jugement selon les méthodes conventionnelles. Il est souvent arrivé que des corneilles ayant jugé tel ou tel aliment propre à la consommation soient empoisonnées. La meilleure façon de procéder consiste à en ingurgiter une petite quantité et à attendre le résultat. Dans les circonstances, bien malin qui aurait pu dire combien de temps il fallait laisser passer. Quoi qu'il en soit, les Kemna ont regardé Kymmy se servir en premier et ont pris leur mal en patience. Quand, enfin, le repas lui a semblé sain, elle a donné le signal. Les corneilles, descendues de leur perchoir, se sont sustentées.

Soudain, Kym a frissonné.

— Qu'y a-t-il? a demandé Katy.

— J'ai un mauvais pressentiment, a répondu Kym.

— À propos de ce qu'on nous a servi?

Katy a cessé de manger.

— Je trouve ça bon, moi. Je n'ai rien détecté de…

— Non, ça n'a rien à voir. Je m'inquiète pour les autres.

Kym a tourné la tête, comme pour tendre l'oreille ou tenter de raviver un souvenir.

— Je sens… c'est difficile à décrire… une sorte de tressaillement. Je sais, sans pouvoir l'expliquer, qu'ils ont des ennuis.

— Qu'est-ce que tu peux faire?

— Je l'ignore, a-t-elle dit lentement. Je crois que je vais partir à la recherche de Kalum pour m'assurer qu'il s'est bien rendu.

À cet instant précis, le vent s'est élevé et a soufflé contre la plaque de bois marquant l'entrée du nid. Elle a claqué fort, et le bâton qui la gardait ouverte est tombé dans la neige. Le panneau s'est refermé, bloquant le passage. Kym et quelques autres ont eu beau essayer de pousser sur le panneau, c'était peine perdue. Il n'y avait plus d'issue. Ils étaient prisonniers.

Quand il est apparu clairement que les membres du clan risquaient de se blesser, Kym leur a ordonné de se reposer un peu.

Elle s'est campée sur le sol, près de l'entrée maintenant fermée. «Nous sommes là pour la nuit», a-t-elle songé. Ensuite, elle a essayé, en vain, de ne plus penser aux autres.

Chapitre 25

Certains oisillons s'imaginent qu'on laisse sa peur derrière soi en vieillissant ou qu'on la remplace par du courage, un peu comme le duvet du nouveau-né cède la place aux plumes plus sombres et plus résistantes de l'adulte. Il n'en est rien. À l'embouchure du tunnel, j'ai été pris d'une vague de nausée et de terreur telle que je n'en avais jamais connu. Je tremblais comme une feuille. Si je n'ai pas hurlé, c'est que je consacrais toutes mes forces à me retenir de fuir. Malgré ses blessures, Kyrk, en revanche, demeurait d'un calme absolu. À plus d'une reprise, j'ai dû prendre exemple sur lui.

Au fur et à mesure que les ténèbres et les parois du tunnel se refermaient sur nous, les récits que j'avais entendus depuis le nid et les rumeurs dont mon grand-père m'avait abreuvé, tandis que je picorais des insectes à ses côtés, me sont remontés en mémoire. Sous terre, c'était la mort. C'était le repaire des esprits, le perchoir des faucons de nuit qui hantent nos cauchemars.

J'ai déjà affirmé qu'il n'y a rien de honteux à fuir un combat inégal, et c'est la stricte vérité. Vous voulez que je vous dise ? Nous nous entraînons notre vie durant. Et pour quoi faire ? Livrer une bataille que nous ne pouvons pas gagner, car la mort, sans crier gare, sort des ténèbres et vient nous cueillir, chacun à son tour. Nous nous préparons sans cesse à recevoir ce dernier coup de bec dans le noir. Quiconque a peur de la mort a peur de la vie. Tandis que je marchais à côté de Kyrk, j'ai répété ces mots pour m'encourager.

Nous avancions prudemment, lui et moi, aux aguets. Nous nous arrêtions pour nous reposer, nous tendions l'oreille avant de nous remettre en route. Dans la lumière vacillante, j'ai cru à maintes reprises apercevoir quelque chose. Quand l'ombre se refermait sur nous, je tentais de me persuader que j'avais rêvé. Il était difficile de marcher : nous devions aller à l'encontre de ce que nous dictait notre instinct.

Nous ne pouvions pas nous presser. Nous risquions de trébucher et d'être entendus. Nous ne pouvions pas appeler. Notre seul espoir, c'était l'effet de surprise. Il n'y avait qu'une seule solution : avancer, un pas prudent à la fois. Après chaque pas, écouter. Et prier.

À la sortie d'un virage, il y a eu un éclair blanc-bleu. Pendant ce bref instant, j'ai vu le tunnel se dérouler devant nous, à la manière du vaste gosier chatoyant d'un énorme serpent. Du ruisseau qui coulait au centre montait de la vapeur d'eau. Sur les parois, la glace scintillait, pareille à des écailles.

La lumière s'est éteinte et j'ai deviné, plutôt que vu, un mouvement. Dans mon aile droite, déjà mal en point, j'ai senti une vive douleur au contact d'une patte. Puis j'ai reçu un coup au bas du dos. Ma tête s'est redressée vivement, et je me suis retrouvé par terre. En me relevant de peine et de misère, j'ai entendu les miaulements stridents d'un chat mêlés aux imprécations de Kyrk. Ils roulaient l'un sur l'autre dans le noir. Soudain, j'ai perçu une présence. Un battement d'aile rapide, une voix de corneille, un cri de douleur de la part du chat. Le hurlement s'est répercuté dans tout le tunnel, puis il a pris fin de façon abrupte. Silence.

La lumière a clignoté une fois de plus, et là, dans la brève lueur, j'ai vu Kuper, les plumes de travers, le bec ouvert, pantelant. À côté de lui, un peu en retrait, Kyrk était accroupi. Dans leurs griffes, avachie et immobile, la silhouette d'un chat mort. Le noir s'est fait de nouveau.

Je n'aurais pas été plus surpris de trouver devant moi la Corneille suprême en personne.

— Veux-tu bien me dire, au nom de la Créatrice, ce que tu fabriques ici ? ai-je demandé à Kuper.

— En route vers le ravin, j'ai dû m'arrêter pour me reposer un peu. Au sommet de la crête, j'ai vu un chat se glisser par un trou creusé sous un lacis de pierres. Comme c'était à côté du tunnel, j'ai pensé que ça devait communiquer. Il a détalé et je l'ai suivi. Au premier embranchement, j'ai entendu du bruit. Devant, je l'ai découvert, lui. Avec vous derrière.

Dans l'ombre, Kyrk a pris la parole.

— Le chat mort n'était pas parmi ceux qui nous ont attaqués, a-t-il dit d'une voix râpeuse, grinçante.

La nouvelle m'a ébranlé.

— Tu en es sûr ?

— Absolument.

À ce moment, il y a eu un éclair, et j'ai bien vu que Kyrk avait raison. C'était le Brun clair.

— Il y en a au moins trois autres quelque part là-dedans.

— Trois ? a répété Kuper d'un ton alarmé.

Je lui ai rapidement raconté ce qui s'était passé. Il a poussé une série de jurons.

— Savez-vous où est le reste de la Famille ?

— Plus loin dans le tunnel, je suppose.

Kuper a regardé dans cette direction.

— Avez-vous entendu du bruit ?

— Rien.

Kyrk, éprouvé par la bagarre qu'il avait menée devant l'entrée du tunnel, avait encore été coupé et blessé par le Brun clair. Kuper avait à peine eu le temps de reprendre son souffle après la dernière échauffourée. Pourtant, ils n'ont pas hésité un seul instant. Kyrk a étiré ses ailes.

— Tu es prêt ? a-t-il demandé à Kuper.

— Oui, a répondu celui-ci.

Il s'est tourné vers moi.

— Et vous ?

Je boitais. De nous trois, cependant, j'étais probablement le moins mal en point.

— Aussi prêt que je le serai jamais.

Kyrk s'est remis sur pattes avec difficulté.

— Dans ce cas, il faut y aller.

À ce moment précis, une clameur s'est élevée au bout du tunnel : des corneilles et des chats engagés dans un combat mortel.

Chapitre 26

La situation se résumait comme suit : huit cents corneilles de la Famille étaient entassées sous terre, dans un espace horriblement étroit. Pour ainsi dire aveugles. Aucune lumière, sinon les faibles lueurs intermittentes qui s'infiltraient par les grilles, devant et derrière. Le seul qui connaissait son chemin, c'était Kyp. Aile contre aile, huit cents corneilles se tapissaient dans le noir le plus noir, le plus profond. Avec pour seule compagnie le souffle de la corneille qui les précédait et l'odeur de la peur.

Quand le Rouge a frappé, c'est donc de cette façon que les choses se présentaient.

D'après notre reconstitution des faits, les premiers membres de la Famille n'ont eu aucune chance. Le carnage a commencé très vite. Kolf, Kypa, Krak et Kerda, Kaif et Kaifa, Kuru, Kark et Kralak sont tombés en silence, comme de la poussière. Selon mes calculs, au moins douze des nôtres avaient péri quand Klayton a entendu un bruit, senti un courant et eu la présence d'esprit de frapper sans poser de questions. C'est un oiseau robuste, rapide, au cou trapu. Quand son bec s'est enfoncé dans un pelage, il a attaqué de nouveau, aussi vif que l'éclair. Le Rouge a poussé un cri de mort, empreint de rage et de haine. C'est à ce moment que le mouvement de panique a débuté.

Il est naturel de tuer pour manger. Nous, corneilles, ne nous en privons pas. Parfois, nous tuons pour nous défendre. Il existe toutefois une perversion, une maladie ou une folie qu'on n'observe que chez les humains et leurs esclaves. J'ai vu certains d'entre eux tuer des membres de leur espèce et laisser les corps joncher le sol. J'ai vu des chiens enragés se jeter sur des lapins en cage, saisir une victime dans leur gueule, la secouer, lui rompre le cou et passer à la suivante, sans s'arrêter pour manger ni pour enterrer les corps dans l'intention d'y revenir plus tard. Ils ont cédé à la simple rage de tuer. C'est sans doute ce qui est arrivé au Rouge.

Sans ordre ni discipline dans nos rangs, il aurait sans doute réussi à nous massacrer à sa guise. C'est donc le premier mouvement de panique qui nous a fait courir le risque le plus grand. Partout où le Rouge allait, on entendait des cris ponctués de battements d'ailes. Peu après, le bruit des corps qui s'écroulaient résonnait dans le tunnel. Les corneilles se tassaient contre les parois, où elles étaient écrasées par le passage des leurs. Des gémissements, des supplications et des cris de confusion, de terreur et de douleur montaient, formaient une sorte de rugissement assourdissant. Plus personne ne savait où donner de la tête. Des corneilles se hissaient l'une sur l'autre, des serres s'ouvraient et se refermaient. Soudain, un bon nombre des nôtres se sont élancés vers l'entrée du bas, où ils ont été coincés et attaqués par un autre chat.

Si la Famille ne s'était pas ressaisie, il est permis de penser qu'aucun d'entre nous n'aurait survécu. Dans la confusion, nous aurions peut-être causé notre perte, et les chats, qui voient mieux, entendent mieux et sont plus agiles que nous, n'auraient eu qu'à finir leur sale besogne à loisir.

Kyp, cependant, a réussi à faire entendre sa voix au-dessus du vacarme et du chaos. Il a lancé un appel au calme. Il a pressé les corneilles rangées sur les côtés de s'entraider. Quand ils ont frappé de nouveau, les chats ont essuyé un barrage de coups de bec, de griffe et d'aile. Étonnés et blessés, ils ont battu en retraite. Entre-temps, Kyp a réorganisé ses forces. Il a placé les plus puissants et les plus costauds sur les côtés. Chaque corneille s'est vu attribuer un partenaire, et les paires se sont rangées dos à dos. J'ignore si la mesure a eu une grande importance tactique. Une chose est sûre, cependant : elle a remonté le moral de la volée. Savoir qu'il y avait un plan et que nul n'aurait à affronter les chats sans aide a galvanisé les troupes.

Ces derniers ont reculé pour lécher leurs plaies. Seulement, ils ne sont pas allés bien loin. Les contusions n'ont pas suffi à les arrêter ; en revanche, elles ont réussi à les mettre hors d'eux-mêmes. À leur retour, les chats espéraient une fois de plus prendre la Famille par surprise. Les corneilles massées sur les flancs étaient fin prêtes, toutefois, et les chats ont eu affaire à une résistance encore plus farouche. Une fois de plus, ils ont battu en retraite. À leur tentative suivante, ils ont attaqué sournoisement, deux à l'avant et deux à l'arrière.

Une corneille tombait, et deux autres la remplaçaient aussitôt. Les chats se repliaient et cherchaient un endroit d'où attaquer. Le jeu avait beau s'étirer en longueur, il demeurait d'un sérieux mortel. C'est dans ce bourbier que nous avons mis les pattes, Kyrk, Kuper et moi.

Tout à leur entreprise mortelle, les chats n'ont jamais songé que plus de corneilles risquaient de surgir. Celui sur lequel nous nous sommes jetés, Kyrk et moi, n'a pas caché sa surprise. Assailli par-derrière, obligé de livrer bataille sur deux fronts, il s'est enfui sur-le-champ. Kuper s'est précipité dans la mêlée, du côté gauche. En l'occurrence, il a eu de la chance : à son premier coup de bec, il a attrapé la joue du chat. Une plaque de poils et des moustaches pendaient au bout de son bec. Le chat a hurlé et, dans sa fuite, est passé sur le corps de Kuper.

Aux cris stridents des chats et aux imprécations des corneilles a succédé un calme presque surnaturel.

— Quelqu'un a-t-il une idée du nombre d'ennemis auxquels nous avons affaire ? ai-je demandé en criant.

Kyp m'a répondu du ton posé qu'il aurait pris pour m'indiquer les insectes ou les petits fruits les plus proches.

— C'est vous, Kalum ? Ils sont quatre, je crois. Au début, il y en avait deux, puis deux autres se sont ajoutés. Nous avons livré bataille aux deux bouts du tunnel. Depuis quand êtes-vous là ?

— Je viens d'arriver. Kyrk et Kuper m'accompagnent.

J'ai grimacé en trébuchant sur un objet mou de grande taille, et j'ai senti des plumes sous mes serres. Un des nôtres, tombé au combat.

— Sommes-nous très mal en point, Kyp ?

— C'est surtout lors de la première attaque que nous avons essuyé des pertes. Une fois organisés, nous avons tenu bon. Autant que vous le sachiez, le Rouge compte parmi les agresseurs.

— Le Rouge ?

Kuper avait un ton farouche.

— C'est peut-être l'occasion d'arracher le reste de sa queue.

J'ai senti l'urgence de la situation. Dans combien de temps les chats attaqueraient-ils de nouveau ?

— Kyp ?

— Oui ?

— Quel est le meilleur moyen pour remonter à la surface ?

— Celui par lequel nous sommes entrés. C'est le plus direct.

— As-tu une idée de l'endroit où se cachent les chats ?

— Ils ont dû prendre position dans le tunnel, peut-être dans une galerie latérale. Pas très loin, je suppose.

— Nous allons donc devoir nous battre jusqu'à la sortie.

— Je le crains, oui.

Nous avons tenu un bref conciliabule, Kyp, Kyrk, Kuper et moi. Sans tarder, nous avons redéployé les adultes les plus grands et les plus forts à l'avant et à l'arrière. Ils formaient deux unités : la première était chargée d'engager le combat initial avec les chats, et la seconde, de sauter par-dessus pour livrer bataille à son tour. Rapidement, nous avons fait le décompte de nos blessés, que nous avons placés au centre avec les jeunes, puis nous nous sommes engagés dans la gueule du tunnel.

Que nous avancions lentement ! La marche n'a jamais été le point fort des corneilles, encore moins après une dure journée de vol et de lutte. Autant que le reste, sans doute, la tension endolorissait nos pattes, et presque la moitié des nôtres avaient déjà subi des blessures. Nous nous arrêtions donc de temps à autre pour nous reposer. Dès que nous avions repris des forces, nous nous remettions en route.

Ce que les chats ignorent et que personne de l'extérieur ne peut comprendre, c'est que la Famille, lorsque la situation le commande, unit ses forces. Les migrations auxquelles nous nous astreignons depuis les temps immémoriaux nous ont conféré la capacité de nous regrouper à une vitesse ahurissante.

À qui le Rouge et ses acolytes ont-ils eu affaire lorsqu'ils se sont décidés à attaquer de nouveau ? Pas à des corneilles prises au dépourvu. D'un coup de patte, le Rouge a lacéré la poitrine de Kaitlen et de Kekko. L'instant d'après, cinq becs ont riposté, vifs comme l'éclair. Si un seul d'entre nous a touché la cible, le Rouge a dû être gravement blessé. Dès qu'elles ont eu vent de l'attaque, les corneilles de la deuxième ligne ont bondi par-dessus celles de la première et ont griffé le dos et les épaules du chat sur lequel elles avaient atterri.

L'échauffourée a semblé durer une éternité. Nous nous repliions à petits pas hésitants, en proie à de vives douleurs. Nous devions sans cesse repousser des offensives. Une corneille tombait et, sur un ordre de Kyp, une autre la remplaçait aussitôt.

Les chats ont fini par attaquer de tous les côtés à la fois, même d'en haut. Sans doute l'un d'eux s'était-il perché sur une sorte de rebord pour nous attendre en silence. Pendant un certain temps, nos défenses ont menacé de s'effondrer. Malgré nos préparatifs, quelques-uns de nos plus valeureux combattants ont perdu la vie. Keer et Kulemna sont tombés quand des chats se sont jetés sur eux. Certaines corneilles regroupées au centre, craignant une déroute, ont cédé à la panique et se sont serrées les unes contre les autres, au risque de se piétiner. Omniprésents, Kyp et Kuper calmaient les angoisses, déplaçaient les blessés, multipliaient les coups de bec et de griffe, lançaient des encouragements. Se frayant un chemin jusqu'au centre de la mêlée, Kuper est parvenu à refouler dans une galerie latérale le chat qui y faisait des ravages.

Nous avons donc réussi à repousser cette attaque. J'ignorais si j'aurais de nouveau la force de soulever la tête ou les ailes. Je me reposais près de Kyp, dans l'espoir de reprendre mon souffle, quand j'ai senti le vent tourner. La Famille avait poursuivi son avancée vers l'entrée principale, en dépit de l'opposition farouche des chats. Notre résolution, quoique mise à rude épreuve, avait tenu bon.

Balafrés et meurtris, les chats, constatant que l'avantage n'était plus dans leur camp, ont commencé à fléchir. J'ai entendu sur le sol le martèlement discret de pattes de velours. Dans la lumière clignotante, j'ai vu une silhouette se glisser furtivement dans une galerie.

— Ne le laissez pas s'échapper ! a crié Kuper avant de lui emboîter le pas.

Certains l'auraient peut-être suivi si, au même moment, il n'y avait pas eu une grande commotion à l'autre bout du tunnel. Apparemment, le Rayé avait tenté un baroud d'honneur. Puis il avait changé d'avis et pris ses pattes à son cou. Une vingtaine de corneilles s'étaient aussitôt lancées à ses trousses. Le Rayé courait de toutes ses forces, la Famille sur les talons. Puis il s'est retrouvé dehors, dans la neige et la tempête.

Plus tôt, le vent avait nui à notre vol. La situation présente posait au Rayé un problème au moins aussi épineux. Enfoncé jusqu'à la poitrine dans la neige, il avait du mal à sortir ses pattes. Bref, il était totalement vulnérable. Derrière lui, une bande en colère rappliquait. Il s'est dirigé vers un fourré, où il espérait perdre ses assaillants au milieu des broussailles et des brindilles. Dans une course opposant des pattes et des ailes, je le répète, pariez toujours sur les secondes. Les premières corneilles lui ont becqueté la croupe et il a perdu l'équilibre. Le Rayé a ouvert la gueule pour crier. Le vent, cependant, a étouffé ses cris. Puis la bande a fondu sur lui. La bataille a été furieuse, mais brève. Les nôtres ont achevé le chat rapidement avant de regagner l'embouchure du tunnel.

Entre-temps, Kuper n'a pas lâché le chat qu'il avait aperçu. Ce qui m'avait échappé et que Kuper avait parfaitement vu, c'est que le Blanc emportait Kelta dans sa gueule. Craignant de voir le Blanc s'enfuir avec sa proie, Kuper s'est livré à un calcul rapide. En se fiant au dernier endroit où l'ennemi était apparu, il a bondi dans le noir et a attrapé le Blanc à la cuisse droite. Surpris, ce dernier a grimacé et, du même coup, libéré Kelta, qui est allée se réfugier dans un coin. Kuper et le Blanc ont roulé sur le sol, plumes et poils entremêlés.

En d'autres circonstances, le Blanc aurait peut-être insisté pour terminer le boulot. Là, conscient d'avoir laissé échapper son repas et d'avoir peu de chance de le remplacer par Kuper, il a paniqué. Plaquant Kuper contre le mur, il a préféré s'enfuir. Se ressaisissant, Kuper s'est lancé à sa poursuite. Kelta lui a crié de renoncer ou d'attendre des renforts. Kuper, cependant, était possédé.

Le Blanc n'avait franchi qu'une courte distance quand il a senti une autre douleur à la patte. Kuper, encore une fois. En se retournant, le chat a décoché trois coups violents à la tête de Kuper. Ensuite, il a hésité en sentant une coupure sur son front. Du sang lui a inondé les yeux. Fou de rage, il a piétiné et aplati Kuper, puis, à l'approche d'autres corneilles, il a détalé de nouveau. Ce n'est qu'à la sortie du tunnel qu'il s'est rendu compte qu'il ne voyait plus. Kuper lui avait crevé les yeux.

La sortie secondaire choisie par le Blanc donnait sur un surplomb en calcaire. Même sans l'aide de ses yeux, le chat a senti le sol se dérober sous lui et s'est éloigné du bord. Profitant du moment d'hésitation du Blanc, Kuper s'est rué sur lui. Trop diminué pour voler, mais incapable de lâcher prise, Kuper s'était traîné en sautillant. Là, en plongeant de tout son long, il s'est jeté sur le Blanc, qu'il a frappé sous la cage thoracique, dans son ample ventre. Le Blanc avait beau être aveugle, il sentait et entendait encore. En se retournant, il a décoché un violent coup de patte, et ses griffes se sont enfoncées profondément dans l'épaule gauche de Kuper. Puis, attirant la grosse corneille vers lui, le Blanc l'a attrapée entre ses dents.

En proie à une frustration et à une colère sans bornes, le chat s'est dressé sur ses pattes arrière. Les mâchoires serrées, il a secoué

Kuper, assez violemment pour lui rompre les os. La bordure de neige s'est fissurée, puis elle a cédé. Kuper et lui sont tombés au bas de l'escarpement, ricochant contre les rochers, boulant et, enfin, s'écrasant avec un bruit sourd écœurant au pied d'une vieille épinette chenue. À la sortie, Kelta les a aperçus en contrebas, enlacés, comme s'ils dormaient. La neige, peu à peu, les recouvrait.

À l'intérieur, l'allure de la bataille avait changé. C'était désormais au tour des chats de se défendre. Partout où il y avait du grabuge, des corneilles accouraient, prêtes à apporter leur concours. Le front remontait. Quand il est apparu clairement que les deux derniers chats ne cherchaient qu'à s'évader, les corneilles ont redoublé d'ardeur. De crainte que l'ennemi ne tente de revenir sur ses pas, Kyp a ordonné aux troupes de se regrouper. Pendant qu'il criait ses ordres, il a senti un coup terrible derrière son crâne, et les ténèbres l'ont enseveli.

Chapitre 27

La tête de Kyp bourdonnait. Le gosier sec, il se sentait étourdi et désorienté. Il n'avait qu'une seule certitude : il se balançait d'avant en arrière d'étrange façon. Il n'aurait absolument pas su dire en vertu de quelle logique il bougeait. Ses ailes, lui semblait-il, étaient plaquées le long de son corps. Ses pattes étaient elles aussi immobiles. Ce n'est qu'en reprenant ses esprits qu'il a compris ce qui lui arrivait. Il était serré en étau entre les mâchoires d'un chat, les ailes coincées entre des dents pointues. Horrifié, il s'est aperçu que le félin le transportait à l'écart pour pouvoir le dévorer en paix.

Lorsque l'avantage avait changé de camp et que le Noir s'était enfui, le Rouge avait décidé de régler ses comptes avec Kyp avant de s'en aller à son tour. L'odeur et la voix de Kyp lui étaient familières. Il les aurait reconnues entre toutes. En entendant la corneille crier des ordres, il l'avait assommée d'un coup de patte, puis il l'avait emportée. Pour ne pas être troublé pendant son repas, le Rouge n'avait pas pris le temps d'achever sa victime inconsciente. Il l'avait plutôt enlevée en silence.

En se balançant dans le noir, Kyp a compris qu'il allait devoir réagir sans tarder. Déjà, la rumeur de la volée s'estompait. Si Kyp ne parvenait pas à se libérer, le Rouge n'aurait qu'à serrer les mâchoires. En regardant autour de lui, Kyp s'est aperçu que le chat l'avait ramené à l'endroit où la Famille s'était auparavant reposée. Au-dessus de lui et à sa gauche, la source thermale surgie de la fissure sombre coulait le long du mur. Le Rouge avait manifestement l'intention de se réchauffer un peu avant de faire bombance.

S'étirant le cou, Kyp a donné un coup de bec en plein dans la partie la plus sensible du nez du chat. Le Rouge a poussé un cri de douleur et, instinctivement, a relâché son emprise sur sa proie. Kyp, après s'être dégagé, a déployé ses ailes. À peine sorti de la gueule du chat, il a heurté le plafond du tunnel. Le Rouge a exécuté un saut désespéré. Kyp s'est déplacé vers sa droite, hors d'atteinte des pattes griffues. Ricochant contre les parois, la jeune corneille a aggravé sa blessure à l'aile.

Coincé dans les confins du tunnel et incapable de voir, Kyp a compris que le Rouge le capturerait tôt au tard. Ce n'était qu'une question de temps. Au sol, il serait totalement impuissant.

Kyp s'est plutôt élancé vers la brèche. Là, il n'a hésité qu'un instant avant de se glisser dans la chaleur sombre, humide, enveloppante. Il ignorait jusqu'où la caverne allait. Il ne savait pas non plus s'il y avait une autre issue. Il sentait toutefois l'immense espace s'étirer au loin. En boitillant sur les pierres glissantes, il s'est avancé jusqu'à un amas rocheux, où, pantelant, il s'est accordé un moment de répit. Exténué, il avait des coupures au cou et aux ailes. Quelques secondes plus tard, il y a eu un tremblement dans l'air, et Kyp a senti une présence : le Rouge l'avait suivi.

Le chat n'était pas sorti indemne de la mêlée. Une coupure profonde lui parcourait le visage, de son nez charnu jusqu'à son œil. Son odorat en était affecté. Il avait perdu une des griffes de sa patte avant droite. De sa précédente confrontation avec la bande, il conservait quelques plaies à peine guéries. Sa colère, elle, demeurait intacte. Froide, pure et féroce, elle lui sillonnait les veines, le forçait à poursuivre. Lentement, il s'est avancé, humant l'air, tendant l'oreille, à l'affût du moindre souffle ou du grattement infime d'une griffe contre la pierre. Chaque fois qu'il entendait un bruit, il soulevait une patte, s'approchait inexorablement de Kyp.

Lentement, si lentement que chaque mouvement mettait ses muscles meurtris au supplice, Kyp a picoré les environs du bout du bec, jusqu'à ce qu'il trouve un caillou de la bonne taille. Le serrant entre ses mâchoires, il a relevé la tête avec mille précautions. D'un geste vif et fluide, Kyp l'a jeté sur sa droite. Immédiatement, le Rouge s'est élancé et a failli tomber dans une crevasse. Kyp a entendu les griffes du Rouge cliqueter contre le sol poisseux de la caverne.

Le chat et la corneille se sont immobilisés et, dans les ténèbres épaisses et étouffantes, ont fait le point. Ils respiraient à peine. Ils étaient déterminés. Prêts.

C'est alors que Kyp a pris une décision.

Les chauves-souris volent dans le noir absolu. Nous, corneilles, tirons une grande fierté de notre capacité de voler d'instinct. Il nous faut néanmoins un minimum de clarté, ne serait-ce que celle des étoiles, pour manœuvrer. Ils ont beau avoir une vue, une ouïe et un odorat remarquables, les chats doivent eux aussi compter sur un peu de lumière. À la moindre lueur, le Rouge aurait l'avantage, Kyp ne le savait que trop bien. Dans l'obscurité absolue, cependant, Kyp, tant et aussi longtemps qu'il resterait dans les airs sans se cogner contre un rocher, aurait le bénéfice de la mobilité. Misant sur les aptitudes acquises au cours d'une vie passée dans les airs, il a donc pris son envol. Il décrivait de petits cercles serrés en essayant de préserver la même altitude. S'il soulevait ou abaissait ne serait-ce qu'une plume dans le mauvais sens, il s'écraserait et tout serait perdu.

Le Rouge a incliné la tête. Sentant un appel d'air et des battements d'ailes au-dessus de sa tête, il a attendu le clignotement des lumières.

Kyp a effleuré une saillie rocheuse et grogné de douleur. Soudain, il a entendu des cailloux s'entrechoquer : le Rouge fonçait vers la source du bruit. Sans tarder, Kyp a pivoté sur lui-même en descendant dans l'intention d'asséner un coup d'épaule au chat. Ce dernier a tourné sur place et, d'un coup de griffe, il a atteint Kyp. La blessure était sans gravité. Le choc, cependant, a envoyé Kyp percuter une aiguille rocheuse. Quelque part, des lumières ont grésillé et vacillé, et le Rouge a entrevu Kyp, affalé au bord de l'escarpement luisant. Le félin a bondi au moment où les ténèbres se formaient de nouveau. Kyp avait eu le temps de rouler sur le côté. En atterrissant, le Rouge a perdu pied sur la pierre polie par l'eau. Un grand hurlement a envahi la grotte. Puis Kyp a entendu le bruit écœurant de griffes s'accrochant à la roche dure, suivi du fracas et de l'écho d'un objet qui tombe pendant une éternité.

Les lumières se sont rallumées brièvement, éclairant les ondulations qui ridaient la surface lisse d'un étang, loin en dessous. Kyp a tourné le dos. Quand elles se sont éteintes, il s'est mis à marcher en clopinant, las, en direction du tunnel.

Chapitre 28

C'est ainsi qu'ont pris fin une bataille et une nuit marquées par la souffrance et la perte. La tempête s'est essoufflée. Au milieu de la soirée, le vent est tombé, et seuls quelques flocons ont continué de dégringoler doucement. Il y avait de très nombreux blessés. On a désigné des corneilles chargées de soigner les lésions et de transporter des becquées d'eau. Ce n'est qu'une fois organisés les secours aux blessés et aux malades que j'ai pu partir à la recherche de Kyrk.

Je l'ai trouvé gisant par terre, non loin de l'entrée du tunnel. Il était en sang de la tête aux serres, et une entaille longue et laide allait de son œil droit, le bon, jusqu'à son cou et à sa poitrine.

— Alors ? a-t-il demandé d'une voix rauque et pâteuse.

Je me suis accroupi à côté de lui.

— Le Rouge n'embêtera plus personne.

— Bien, a-t-il dit en fermant les yeux.

Il les a rouverts un instant plus tard.

— Qui a eu l'honneur ?

— Kyp.

— Bravo, a-t-il ajouté en hochant la tête d'un air satisfait.

Un léger frisson a parcouru son corps. Il a ouvert son bec et haleté, comme à la fin d'un long et dur périple. Il a eu du mal à fixer son bon œil sur moi.

— Il faut que je te parle. Je me suis trompé. Je devais servir de renfort. Seulement, je n'ai pas eu le courage d'entrer dans le tunnel. J'ai décidé d'assurer la surveillance de l'extérieur. À cause du vent et du froid, j'ai somnolé quelques instants. Ensuite, tes cris m'ont réveillé. Dis à Kyp qu'il a bien agi. Dis-lui qu'il a eu raison. Il est futé, beaucoup plus futé que je le croyais. Cependant, il doit mieux peser le pour et le contre de ses gestes, consulter les autres. Répète-lui mes paroles. Il aurait intérêt à soumettre ses décisions à la petite Kym.

Un nouveau frisson l'a traversé.

— Qu'est-ce que tu racontes ? lui ai-je demandé.

Kyrk m'a scruté. Jamais on ne m'avait gratifié d'un regard aussi pénétrant.

— Quand il deviendra l'Élu, s'entend. Il te reste sans doute quelques années. À condition que tu soignes ton alimentation et que tu t'entraînes davantage. Tu ne vas pas vivre éternellement.

— Je compte sur toi pour me le rappeler encore plusieurs fois.

— Non, a-t-il répondu en toussant. Pour moi, c'est terminé. Tu as été un bon Élu.

— Je n'ai pourtant rien vu venir.

Kyrk a secoué la tête.

— Personne n'a rien vu venir. Ce n'est pas à sa capacité de prédire l'avenir qu'on reconnaît un bon Élu. C'est plutôt à celle qu'il a de réagir face à l'imprévu. Tu as réussi. J'ai échoué.

— Tu n'as pas échoué, Kyrk.

— Tu crois ? a-t-il demandé en toussant de nouveau. Non, peut-être pas. Pas sur toute la ligne. Quoi qu'il en soit, je prends mon envol. Cette fois, c'est à toi qu'il appartient de me servir de renfort.

Sur ces mots, il a posé par terre sa vieille tête hirsute. Puis il a fermé les yeux. Kyrk n'avait jamais été très bavard.

Depuis le décès de ma femme, Karla, aucune mort ne m'a autant chagriné. Kyrk était mon aîné. Je le connaissais depuis l'œuf. Il était rusé et débrouillard. Pendant la majeure partie de ma vie, j'avais pris conseil auprès de lui. Plus tard, il était devenu usé et amer. D'où les erreurs qu'il commettait parfois. Il élevait la voix sans raison. Il se montrait mesquin et vindicatif. Pourtant, jamais il n'avait cessé d'aimer la Famille. Et il était mort de la façon la plus brave et la plus honorable que je connaisse. Dans mon for intérieur, je me souviendrai de lui pour cette raison et pour tout ce qu'il nous a donné, à moi et à la Famille. La disparition de Kyrk a représenté pour nous une terrible perte.

Nous avons passé la nuit dans le tunnel à nous reposer. Le droit de rester, nous ne l'avions pas volé. Les blessés et les balafrés ont pansé leurs plaies de leur mieux. Les nôtres se serraient les uns contre les autres pour se lisser les plumes et préserver leur chaleur. Avant l'aube, quelques-unes des corneilles les plus mal en point ont malgré tout rendu l'âme.

À la fin, le jour s'est levé, les nuages se sont éparpillés et le soleil est apparu. Sous ses rayons, nous avons pu mesurer la violence de la tempête. Partout où on regardait, la dévastation était presque totale. On aurait dit qu'une aile géante avait balayé la Terre. D'énormes enchevêtrements de branches et d'arbres jonchaient le sol. La neige d'une profondeur de cinq ou six corneilles recouvrait toute chose. Là où le vent l'avait poussée, elle atteignait dix, voire douze corneilles de hauteur. Des oiseaux d'espèces variées gisaient sur le sol, couverts de neige et de glace, là où ils avaient passé la nuit dans l'espoir d'échapper au blizzard.

Kyp s'est posé près de moi. J'ai toutefois mis plusieurs minutes à détacher mon regard du spectacle désolant.

— Mon oncle, a-t-il commencé à voix basse.

— Oui ?

— Je suis venu vous rendre les responsabilités d'Élu.

— Oui. Bien sûr. Merci.

— Je vais demeurer au service des Kinaar, pour qui je ferai l'impossible. Dès que la situation sera revenue à la normale, je passerai en jugement et vous n'aurez qu'à me bannir.

— Te bannir ?

Je me suis tourné vers lui. Il regardait droit devant.

— Pourquoi ?

— Pour avoir exposé la Famille au danger. Pour m'être montré négligent. Pour avoir présumé de mes forces. Pour avoir échoué.

— Je vois.

— Je crois comprendre que Kyrk a entrepris le grand voyage.

Kyp n'avait pas formulé de question. J'ai néanmoins hoché la tête.

— S'il était encore parmi nous, il serait heureux de voir confirmés ses soupçons à mon sujet.

— Tu penses? ai-je demandé.

J'ai répété à Kyp les dernières paroles de Kyrk.

— C'est lui qui avait raison! s'est écrié Kyp. Le tunnel s'est révélé un piège mortel. Nous avons été attaqués, exactement comme il le craignait. Nous avons perdu des corneilles. Il y a des blessés, tellement de…

Sa voix s'est brisée.

— Écoute-moi, lui ai-je dit. La nuit dernière, il n'y avait que des mauvais choix. Tu t'es fendu en quatre pour protéger la Famille. Tu as rendu la volée à mes soins. Tu n'as aucune raison d'avoir honte. Des corneilles sont mortes, c'est vrai. Regarde autour de toi. Combien d'entre nous auraient survécu en surface? Tu as fait l'impossible. Nous allons en rester là.

— Mais…

J'ai agité une aile sous son nez.

— Tu es déçu ? Tant mieux. Tu te sens mal, petit, faillible ? Excellent. Prends-en de la graine. N'oublie jamais cette sensation. La prochaine fois que tu seras confronté à un choix difficile, sers-t'en pour tempérer ton jugement. Pour le moment, mon neveu, ai-je ajouté en contemplant la débâcle que la tempête avait laissée dans son sillage, nous avons bien d'autres soucis. Mieux vaut ne pas moisir ici.

J'ai donné le signal et nous nous sommes élevés dans le ciel. Après avoir décrit un grand cercle, nous avons mis le cap sur l'Arbre du rassemblement.

Chapitre 29

Kym, indiciblement fourbue, a dormi d'un sommeil sans rêves. Elle s'est réveillée en sursaut : la qualité de l'air avait changé. Elle a ouvert les yeux, cligné et vu l'humain. Tant bien que mal, elle s'est remise sur pattes en s'efforçant de chasser le sommeil. Comment avait-il réussi à entrer dans le nid sans se faire remarquer ? À son approche, Kym s'est raidie. Lentement, il s'est accroupi et a tendu vers elle un membre velu. Elle a dû lutter contre l'envie de s'envoler vers un perchoir près du plafond pour éviter son contact. Il a déplié sa patte massive, terminée par cinq griffes roses et charnues, au bout émoussé. Avec d'infinies pré-cautions, il a caressé Kym sous le bec et le long de la gorge, ses serres arrondies d'une douceur surprenante. Ensuite, il s'est relevé et a repoussé la plaque de bois qui fermait l'entrée.

Les premiers rayons du soleil, rouges et dorés, ont inondé le refuge. Dehors, la neige formait de grandes déferlantes, nettes, tranchantes et magnifiques. Le vent était tombé. Si le froid demeurait vif, on sentait que la tempête s'était épuisée. Kym a crié aux autres de se réveiller.

Les corneilles ont dressé la tête et étiré leurs ailes. Preste, Kym est passée devant l'humain, et toutes l'ont suivie, envahissant le ciel, puis elles sont montées en spirale, plus haut et encore plus haut. Au sol, l'humain, petite et frêle silhouette, agitait ses serres roses et un de ses étroits membres supérieurs. On aurait dit un singulier geste d'adieu.

Chapitre 30

Nul n'était préparé au spectacle qui nous attendait. Car notre Arbre, notre protecteur, notre refuge, celui où la Famille s'assemblait avant même notre naissance, gisait sur le flanc. Contrairement à la plupart des autres, il n'avait pas été cassé à mi-tronc. Il avait plutôt été fractionné à partir du sol, comme si la foudre l'avait frappé de plein fouet. Des éclats blancs et jaunes jonchaient la neige. Des racines noueuses crevaient le sol. Cet Arbre m'abritait depuis l'époque de ma jeunesse. J'y avais appris à voler. Je m'étais perché dans ses branches pour écouter des récits dans la nuit, à l'occasion de nombreux rassemblements. Il était brisé et sans vie.

Je sais qu'aucun lieu ne revêt une importance particulière aux yeux de la Créatrice et qu'elle tient à nous tous. Pourtant, il existe des endroits d'où on la voit plus clairement. Pour moi, l'Arbre du rassemblement jouait ce rôle. C'est au milieu de ses feuilles que je me sentais le plus près de la Créatrice. Devant ses ruines, je me suis senti plus seul que jamais.

C'est dans cet état, j'en ai peur, que Kym m'a trouvé à son arrivée. Sans un mot, elle s'est glissée près de moi et a posé la tête sur mon épaule. Kyp, boitillant, lui a demandé combien de membres de la Famille étaient de retour. C'est là, perché au milieu des vestiges de notre vieil Arbre, que j'ai appris l'étendue des pertes que nous avions subies. Les chats et les éléments avaient emporté un si grand nombre des nôtres !

Comme vous le savez, nos morts ne sont comptabilisés qu'une fois qu'ils ont été officiellement salués par la famille. Le moment est maintenant venu d'accomplir ce rite.

Écoutez-moi. Le soir de la tempête, le froid assassin et les griffes des chats nous ont enlevé Kyrk et Kuper, Kork, Kaleb, Keir, Kerda, Kark, Kukulan, Kester et Kyf, Ketch et Ketch le Jeune, Kyt et Koso, Ketta et Keera et la totalité des Korin, soit Kory, Korreta, Koreen et Koran. Nous avons aussi perdu Kynata, l'aînée de sa lignée, Kypa, Kufa, Kufeela, Kupella, Kulemna ; Kolf, Kaifa, Kaira, Kaita, Kaif et Kuru ; Keela et ses quatre fils, Keer, Keeru, Keeratin et Keefar. Aussi Kakyna et l'ensemble de sa descendance : Kakaryna, Kakatar, Kakafar, Kapella, Koona et Kooso. Les quatre sœurs : Karu, Kapu, Katu et Kwys. Krak, Kralak, Kretch, Kram, Kruppa, Krail, Kent et Kaneeta, Kora et Kold nous ont également quittés. Kelm et Keeta ont survécu à la nuit et sont morts de leurs blessures au matin, au même titre que Kylly, Kyd, Kona, Kifi, Kood, Kalf, Kalfa, Kles, Kyrr et Kyrreta, Kartu et Kellar. Au total, soixante-douze âmes sont retournées auprès de la Créatrice.

Nos coutumes sont claires. Par respect, les noms des disparus seront retirés le temps d'un cycle complet. Nous nous souviendrons de leurs qualités. Chaque fois que nous évoquerons leurs noms, nous nous rappellerons les forces de ces corneilles. Le moment venu, nous reprendrons ces noms honorables pour en coiffer des oisillons sans plumes. Nous agirons sans tristesse, car le vent nous aura lavés et le temps nous aura guéris. Le chagrin aura quitté nos cœurs. D'eux ne nous resteront que la fierté, l'adoration et le respect du sacrifice qu'ils ont consenti pour nous. Écoutez. C'est la Créatrice qui les appelle.

Ils sont partis. Leurs âmes nous ont quittés. Que la Créatrice nous protège.

Je vous invite maintenant à observer un moment de silence.

***

Devant l'Arbre du rassemblement, je le répète, je n'ai pu m'empêcher de me demander ce qui allait advenir de nous. Perché sur le tronc massif couché dans la neige, j'ai laissé mon esprit monter jusqu'à la Créatrice. Le soleil était plus haut dans le ciel, et de l'eau s'accumulait sur les branches. Je l'entendais s'écouler au bout des feuilles naissantes et tomber dans la neige molle en un millier de gouttelettes musicales. Des humains ont commencé à sortir de leurs abris. Sur leurs gros visages plats se lisaient des émotions comparables aux nôtres : la stupeur, la consternation, le découragement, la tristesse. Certains ont enlevé la neige qui bloquait l'entrée de leurs nids. D'autres sont montés dessus pour pousser la neige jusqu'en bas. De petits humains sont sortis de leurs antres et se sont mis à se rouler dans la neige, un peu comme nos oisillons.

Les humains sont si nombreux. Chaque fois que je me tourne vers eux, ils se sont multipliés. Ils prospèrent. Qu'en est-il de nous, corneilles ? Que nous réserve l'avenir ? Je n'en sais trop rien. Une chose au moins est sûre : depuis les temps immémoriaux, les destinées des humains et des corneilles sont intimement mêlées. Il appartiendra à la prochaine génération de déchiffrer les signes et de définir de nouvelles orientations. Pour y arriver, elle aura besoin de force, d'imagination et de notre sagesse collective.

J'ai contemplé notre Arbre, navré. Un détail a alors attiré mon attention. Au milieu de la neige, de l'eau et des décombres, entre deux grosses branches à moitié ensevelies, un objet scintillait, pareil à une larme. Je suis allé cueillir l'objet brillant : c'était une délicate perle d'eau douce, parfaite et lisse comme la première goutte de rosée du premier printemps, aussi blanche que les plumes duveteuses de la poitrine d'un bébé mouette. C'était l'antique offrande de Klara.

C'est à ce moment que Kyp, s'approchant de moi, m'a parlé d'un arbre qui se dressait plus loin dans la vallée de l'étang aux castors. C'était un saule gigantesque qui avait résisté à la neige et au vent, qui avait plié sans céder.

J'ai interprété la nouvelle comme un signe.

Nous avons volé ensemble, et je me suis perché au milieu des branches tentaculaires de l'arbre. Je sentais courir sous l'écorce sa force souple et tenace.

Kyp a raison. C'est un bon arbre. J'ai convoqué les aînés de la Famille, qui ont signifié leur accord. Il est vrai que nous n'avons pas effectué de recherches cette fois. Peut-être avons-nous dérogé à la tradition. Et si c'était lui qui était venu nous chercher? Dans ce cas, il nous appartiendrait encore davantage. J'ai déposé dans l'arbre, afin de le consacrer, la perle que nous avons reçue de la Créatrice. Que notre nouvel Arbre de rassemblement nous protège comme le précédent, pendant très longtemps.

C'est ainsi que s'achève mon récit. Nous avons palabré toute la nuit, jusqu'aux premières lueurs chatoyantes du jour. Dans la lumière de cette aube, je vous déclare témoins, statut qui s'accompagne de responsabilités. Vous êtes désormais au courant des pertes que nous avons subies et des changements qui en ont résulté. Il y a parmi vous des corneilles qui comprennent que d'autres bouleversements nous attendent. Les humains joueront un rôle de plus en plus prépondérant, et j'ignore quelle sera la nature des rapports que nous entretiendrons avec eux. Sur ce plan, l'expérience nous dicte la circonspection. Récemment, cependant, nous avons bénéficié non seulement d'un abri construit par eux, mais en plus, aussi invraisemblable que cela puisse paraître, de leur bonté.

Il y a un dernier jugement à rendre, et c'est à moi, l'Élu, qu'il revient de le faire. Au cours des derniers jours, nous avons essuyé de lourdes pertes. Les morts que je regrette le plus et dont je me sens le plus coupable sont celles de nos cousins qui ont cherché refuge dans le nid humain à l'issue obstruée. Ce sont les seules victimes dont le sacrifice pouvait être évité. Leur disparition est imputable à des décisions hâtives et irréfléchies. Si nous étions restés unis, que nous avions mis nos forces en commun et que je m'étais opposé à Kork et à notre tragique séparation, nous aurions été plus nombreux pour affronter les chats. Personne n'aurait alors perdu la vie en cherchant un refuge inexistant. La volée a eu de la chance : Kym l'a tirée des griffes d'un désastre terrible et absolu. La Famille, cependant, est trop importante pour s'en remettre au hasard.

C'est ce qui me conduit à ma dernière et à votre première décision de l'ère nouvelle. Je suis assez futé pour comprendre que le tournant actuel exige une compétence et une agilité plus grandes que celles dont ma vieille tête est capable. Soyez donc prévenus. Lorsque nous reviendrons ici, l'année prochaine, vous désignerez un nouvel Élu chargé de guider la Famille.

Je me rends compte que l'incertitude engendre un certain malaise. Rappelez-vous toutefois que la Créatrice a tiré la lumière et la vie des ténèbres et que, au milieu de la présente débâcle, elle nous a offert un nouvel Arbre extraordinaire. C'est le signe qu'elle ne nous a pas oubliés. Il nous incombe maintenant de façonner des lendemains heureux à partir des terribles événements du passé.

Cousins, je ne peux prédire ni les défis qui nous attendent, ni leur ampleur, ni leur portée, ni le moment où ils se présenteront à nous. Je sais toutefois ceci : nous leur survivrons. Nous leur survivrons comme nous avons survécu à la tempête, comme la Corneille suprême a survécu aux ténèbres de la tanière du Blaireau et comme nos ancêtres ont survécu aux nombreuses épreuves du passé. Parce que nous sommes des corneilles, nous ferons mieux que toute autre créature. Nous allons survivre comme nous seules en avons le secret, c'est-à-dire avec panache.

Nous, corneilles, vivons entre la terre et le ciel, entre la vie d'antan et celle de demain, entre hier et aujourd'hui. Je vous l'affirme, cousins, le vent a viré de bord ! Il ne vient plus du nord. Net et limpide, il souffle au contraire de l'ouest, lesté des parfums de l'océan, des forêts et des hauts sommets. Il apporte avec lui le printemps, de la nourriture de qualité, des conditions de vol idéales et, sur son dos, la bénédiction de la Créatrice. La tempête a pris fin et l'aube s'est levée. C'est un beau jour, un très beau jour.

Remerciements

J'ai mis beaucoup de temps à écrire *La tempête* et j'aimerais souligner le concours de quelques personnes.

Je tiens à remercier ma réviseure, Charis Wahl, et mon agente, Janine Cheeseman, de leurs efforts et de leur aide. Je tiens aussi à remercier ceux et celles qui ont lu des versions antérieures du manuscrit, formulé des commentaires et fourni des mots d'encouragement: Betty, Kate, Jason et John Poulsen, Catherine Barroll, Shayna et Kyle McNeil, Janet Lee-Evoy, Mary Ann Wilson et Brian Cooley, Alesha Porisky, Joanne Towers, Heather Baxter, Jennifer Baxter, Kirsten Strong, Laura Strong, Wendy Lunn, Diana Lunn, Jane Matheson et Rochelle Lamoureux. Sans oublier les indéfectibles Martini: Olivier, Nic et ma mère, Catherine Martini.

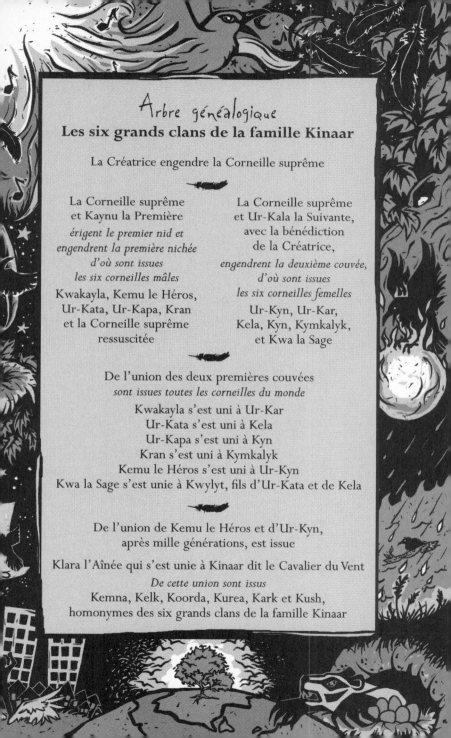

Arbre généalogique
Les six grands clans de la famille Kinaar

La Créatrice engendre la Corneille suprême

La Corneille suprême
et Kaynu la Première
*érigent le premier nid et
engendrent la première nichée
d'où sont issues
les six corneilles mâles*
Kwakayla, Kemu le Héros,
Ur-Kata, Ur-Kapa, Kran
et la Corneille suprême
ressuscitée

La Corneille suprême
et Ur-Kala la Suivante,
avec la bénédiction
de la Créatrice,
*engendrent la deuxième couvée,
d'où sont issues
les six corneilles femelles*
Ur-Kyn, Ur-Kar,
Kela, Kyn, Kymkalyk,
et Kwa la Sage

De l'union des deux premières couvées
sont issues toutes les corneilles du monde

Kwakayla s'est uni à Ur-Kar
Ur-Kata s'est uni à Kela
Ur-Kapa s'est uni à Kyn
Kran s'est uni à Kymkalyk
Kemu le Héros s'est uni à Ur-Kyn
Kwa la Sage s'est unie à Kwylyt, fils d'Ur-Kata et de Kela

De l'union de Kemu le Héros et d'Ur-Kyn,
après mille générations, est issue

Klara l'Aînée qui s'est unie à Kinaar dit le Cavalier du Vent
De cette union sont issus
Kemna, Kelk, Koorda, Kurea, Kark et Kush,
homonymes des six grands clans de la famille Kinaar

Table des matières

Des plumes et des os :
Chroniques des corneilles

Pour connaître la suite…

Tome 2 : La peste

La communauté des Kinaar est décimée par un mystérieux virus. Plusieurs corneilles meurent. D'autres, comme Kym, la fidèle camarade de Kyp, sont capturées par des êtres humains. Déterminé à les retrouver, Kyp s'envole à leur recherche. Mais une corneille seule est une proie facile. Comment Kyp se libérera-t-il des griffes de Kuper, un ancien allié assoiffé de vengeance ? *La peste*, le deuxième tome de la passionnante série *Chroniques des corneilles*.

Parution automne 2007